Christian Mörken

Das weiße Z
und die Flucht durchs Gebirge

Christian Mörken

Das weiße Z

und die Flucht durchs Gebirge

SCM

SCM

Stiftung Christliche Medien

Der SCM Verlag ist eine Gesellschaft der Stiftung Christliche Medien, einer gemeinnützigen Stiftung, die sich für die Förderung und Verbreitung christlicher Bücher, Zeitschriften, Filme und Musik einsetzt.

MIX
Papier aus verantwortungsvollen Quellen
FSC® C083411

Internet: www.scmedien.de; E-Mail: info@scm-verlag.de

Umschlaggestaltung und Illustrationen: Dietmar Reichert, Dormagen
Satz: Katrin Schäder, Velbert
Druck und Bindung: CPI books GmbH, Leck
Gedruckt in Deutschland
ISBN 978-3-417-28662-5
Bestell-Nr. 228.662

Schloss Döster,
in dem die Familie von Frangenberg lebt.

Zorro

eigentlich Sigismund Ottokar Engelhard Dietrich Balduin von Frangenberg, liebt Hip-Hop, aber nicht seine Vornamen.

Tessi

eigentlich Therese Amalie Dorothea Kunigunde von Frangenberg, ist die jüngere Schwester von Zorro und ein Computergenie.

Backe

eigentlich Caspar-Melchior-Balthasar Huber.
„Meine Eltern haben sich in der Grundschule beim Krippenspiel kennengelernt. Mein Vater war der Melchior und meine Mutter die Maria. Tja, ich darf das jetzt ausbaden."

Montag

eigentlich Kwadwo Yeboah.
„In Gambia ist es nicht unüblich, dem Kind als Vornamen den Wochentag zu geben, an dem es geboren wurde. In der Landessprache meiner Eltern heiße ich dann Kwadwo. Das heißt Montag."

Lilly

eigentlich Otilia-Walburga Lehmann. „Ich hätte nie gedacht, dass ich mal jemanden treffe, den es noch härter als mich erwischt hat. Wir haben schon überlegt, ob wir vielleicht den Club der blöden Vornamen gründen sollten."

Zorro, Backe, Montag und Lilly gehen in die 8. Klasse in Bad Trekelsingen. Die Freunde wohnen in **Dösterfelde.**

Inhalt

Z

Prolog

Er schlug die Zweige zur Seite und hechtete über einen am Boden liegenden Stamm. Dann rutschte er kurz auf dem schlammigen Boden, fing sich wieder und umrundete einen großen Findling mit drei Schritten. Dahinter begann der Weg steil anzusteigen. Zorro blickte stur nach vorn, nur auf den Verlauf des Weges. Es war nicht einmal ein Trampelpfad, nur ein schmaler Streifen, der durch das Gebüsch hindurchführte. Zorro spürte das Schlagen der Äste gegen seine Beine. Sein Atem ging flach und hechelnd und sein Rachen war knochentrocken. Diese unbändige Hitze!

Zorro rannte so schnell er konnte. Sein Herz pochte ihm bis zum Hals. Er spürte den Schweiß seine Stirn herunterlaufen und über seine Nase tropfen. Dann wurde der Weg noch steiler. Einige Meter vor sich erblickte er zwei umgestürzte Baumstämme und davor Büsche und kleinere Felsbrocken. Zorro griff nach einem der Büsche und zog sich daran hoch. Seine Füße rutschten auf dem feuchten Boden. Er fiel, rappelte sich aber sogleich wieder auf und griff erneut nach einigen Ästen, die sich ihm entgegenstreckten. Dann erreichte er den ersten Baumstamm. Er umklammerte einen größeren Ast und zog sich über den Stamm. Seine Hose ratschte auf der Rinde und es war ihm, als wäre sie zerrissen. Aber es war keine Zeit, darüber nachzudenken. Er musste weiter. So schnell er konnte. Wie nah mochten sie schon hinter ihm sein? Sie durften ihn nicht kriegen, nicht jetzt!

Mit letzter Kraft wuchtete Zorro sich über den zweiten Baumstamm. Dahinter trat er wieder auf feuchten Waldboden. Erneut geriet er ins Straucheln, konnte sich aber gerade noch fangen. Da hörte er ihre Schritte hinter sich. Sie waren näher, als er angenommen hatte. Gleich würden sie über die Baumstämme kommen und ihn erreichen. Das durfte nicht passieren. Dann wäre alles vorbei. Aber Zorro konnte nicht mehr. Wie lange war er schon gerannt? Sein Hals schmerzte, sein Atem war so flach, dass er kaum Luft bekam. Zorro spürte, wie ihm die Sinne schwanden. Es war zu heiß, einfach zu heiß. Seine Beine drohten wegzusacken. Er ließ sich flach auf die Erde fallen. Alles schien sich zu drehen. Plötzlich hörte er Vögel zwitschern, einen Bach plätschern, Blätter im leichten Sommerwind rauschen. Er roch den moosigen Boden, seine Hände gruben sich in die weiche Erde.

Dann ein Knall! Der Knall hallte durch die ganze Umgebung. War das ein Schuss? Waren sie etwa bewaffnet und würden sie von ihren Waffen Gebrauch machen? Mit letzter Kraft schaffte er es auf die Knie, dann kam er auf die Beine und stapfte weiter. An Rennen war überhaupt nicht mehr zu denken. Vielleicht war es sinnlos, vielleicht war es ohnehin zu spät, vielleicht würde er jeden Moment ihre Hände auf seinen Schultern spüren. Aber er musste weitermachen. Es waren nur noch wenige Meter. Vielleicht vier oder fünf oder nur drei? Er sah kaum noch etwas. Der Schweiß lief ihm in die Augen, seine Hände griffen wahllos ins Leere, seine Beine fühlten sich an, als würden tonnenschwere Gewichte an ihnen hängen. Dann sah er die Bergspitze. Da oben musste er hin. Er würde es schaffen. Nur noch die paar Meter, noch ein paar wenige Schritte. So viel Kraft musste er noch aufbringen. Dann wäre es vorbei. Und dann stand er oben und ließ sich fallen.

Eine Sekunde später spürte er das warme, weiche Gummi an seiner Wange, dann hörte er den Ruf: „Und Schnitt!“ Augenblicklich folgte lärmender Applaus.

„Ey, du warst absolut klasse!“, vernahm Zorro Lillys Stimme, als er sich umdrehte. Seine Kleidung klebte an ihm und er schnappte noch immer hechelnd nach Luft. Schweiß lief ihm von der Stirn über das Gesicht.

„Absolut realistisch“, lobte Montag und reckte den Daumen in die Höhe.

„Mir war fast, als wären die wirklich hinter dir her“, sagte Backe. „Du hattest einen so verzerrten Gesichtsausdruck. Absolut überzeugend!“

„Danke“, sagte Zorro, noch immer nach Luft ringend. Dann hockte er sich hin und krabbelte von dem großen Luftkissen, auf das er gefallen war.

„Allerdings, dem stimme ich zu“, hörte Zorro eine weitere Stimme hinter sich. Er drehte sich um und sah Tom, den Regisseur. Der lächelte ihm zu. „Das war absolut spitze! Das Timing, die Gesten, die Dramatik – toll gemacht! Wir haben nun alles im Kasten!", sagte Tom und schob sich seinen schwarzen Hut in den Nacken.

Tom war Ende zwanzig, hager und hatte einen dunklen Dreitagebart. Er trug ein ausgewaschenes Hemd, ein Halstuch und Jeans, die ihm zu groß zu sein schienen. Zumindest hingen sie einfach an ihm herab. Seine Füße steckten in einem Paar brauner Flipflops.

Tom hob die Hand und Zorro und er klatschten sich ab. „Tja, das war es schon fast, vorletzter Drehtag!", rief Tom und drehte sich wieder zum Filmteam, das nun erneut freudig applaudierte. „Heute Abend gibt es eine kleine Feier für alle und morgen machen wir dann die letzten paar Einstellungen fertig!"

„Hey, das klingt toll!", sagte Montag strahlend.

„Wow, unser erster Film. Und morgen ist er fertig", staunte Lilly und lächelte. „Ist euch das eigentlich klar? Wir kommen ins Kino!"

„Na, ein bisschen dauert das noch", beschwichtigte Montag und blinzelte ihnen zu.

„Egal", sagte Lilly. „Hauptsache, der Film wird auch bei uns gezeigt!"

„Ja, cool, bald hängt vor dem Kino in Bad Trekelsingen ein Plakat, auf dem wir zu sehen sind", sagte Backe beeindruckt. „Hey, wer hätte sich das vor einem Jahr vorstellen können?"

„Niemand, glaube ich", sagte Zorro und stand auf. „Aber nun brauche ich erst einmal etwas zu trinken."

Montag, Backe und Lilly klopften ihrem Freund noch einmal auf die Schultern. Gerade kam auch Tessi in ihrem Rollstuhl strahlend angefahren. Gemeinsam gingen sie hinüber zu dem Tisch, auf dem Getränke und kleine Snacks für die Filmcrew standen. Zorro nahm sich eine Flasche Wasser und goss sich ein Glas voll. Eilig trank er es aus und füllte sich gleich noch eins ein. Dann bot er Tessi eine Cola an. Während er das Glas für seine Schwester füllte, sah er aus dem Augenwinkel die beiden Schauspieler auf sich zukommen, die in der letzten Szene seine Verfolger gespielt hatten. Sie sahen wirklich so aus wie Tommy und Jogi, die beiden Entführer, denen Zorro damals gerade noch entkommen war. Die Szene, die eben gedreht worden war, spielte genau jene Verfolgungsjagd nach. Zorro reichte seiner Schwester das Glas. Langsam beruhigte sich sein Atem.

Zorro und seine Freunde kehrten zu ihren Stühlen zurück und setzten sich. Zorro nahm sich das Handtuch, das über der Lehne gelegen hatte, und legte es sich um seinen Hals. Gemeinsam beobachteten sie die Techniker, die die Dekorationspflanzen und die Steine aus Pappmaschee wegräumten. Innerhalb weniger Minuten verwandelte sich die Kulisse des Waldes, in der Zorro eben noch die Anhöhe hochgelaufen war, in ein karges Gerüst, an dem Kabel und Scheinwerfer hingen. Für heute war Zorro fertig. Auch Montag, Backe und Lilly hatten keine weiteren Szenen mehr zu drehen.

Zorro zog sich das jetzt schweißnasse Handtuch über den Kopf und blickte für einen Moment stumm auf den Boden. Hätte ihm jemand vor zwei Jahren erzählt, dass er einmal die Hauptrolle in einem Film spielen würde, er hätte denjenigen für verrückt erklärt. Und nun tat er genau das. Seit zwei Wochen drehten sie an dem Film „Das weiße Z und ein Schloss voller Lügen". Es war die Verfilmung des gleichnamigen Buches, das vor einem Jahr im Verlag seines Vaters erschienen war. Das Buch erzählt die Geschichte von Zorros erstem Abenteuer, als er von dem angeblichen Musikproduzenten Tommy und dessen Komplizen Jogi entführt werden sollte und nur in letzter Minute entkommen konnte. Er war an einer Raststätte aus dem Wagen der Entführer gestiegen, um zu pinkeln, und dann einfach losgelaufen. Er hatte über am Boden liegende Baumstämme klettern müssen und war mehrfach gestürzt. Genauso, wie er es eben in der Szene dargestellt hatte. Nur waren die Verfolger hier am Set zwei Schauspieler. Er brauchte keine Angst vor ihnen zu haben. Damals hatte er Todesangst gehabt, denn er hatte nicht gewusst, wie weit Jogi und Tommy gehen würden. Auch sie hatten eine Waffe dabei gehabt. Es war eine echte Pistole gewesen. Nicht so wie die Schreckschusspistole, die hier beim Film verwendet wurde. Der Angstschweiß war Zorro von der Stirn geronnen und sein Herz hatte gepocht, als hätte es versucht, durch seinen Brustkorb zu springen.

Doch in jenem Moment war er von einer Kraft erfüllt gewesen, die er sich nicht erklären konnte. Diese Kraft hatte ihn über Bäume springen lassen, durch Dornenbüsche laufen und immer wieder aufstehen lassen, wenn er gestürzt war. Es war auch diese Kraft gewesen, die ihn zunächst ermutigt hatte, wegzulaufen. Sie war wie eine Stimme in seinem Kopf gewesen. Er erinnerte sich daran, wie er im Wagen diese Stimme gehört hatte. Es war keine reale Stimme gewesen. Es war mehr eine Ahnung, eine Vision, die aus seinem Innersten zu ihm gesprochen hatte. Und er hatte sich auf diese Stimme verlassen. Seit diesem Erlebnis verstand Zorro es viel besser, wenn in der Bibel erzählt wurde, dass jemand die Stimme Gottes hörte. Er war sich später sicher, dass es nur Gott gewesen sein konnte, der ihn in diesem Moment geleitet hatte. Denn gerade, als Zorro damals nicht mehr gekonnt und schon daran gedacht hatte, aufgeben zu müssen, war ein Zug gekommen. Ein Güterzug, der langsam genug gefahren war, sodass Zorro hatte aufspringen und seinen Entführern entkommen können. Sollte es ein Zufall gewesen sein? Zorro glaubte das nicht.

1. Besuch am Set

Kommt, lasst uns zu Martin rübergehen", sagte Backe auf einmal.

Martin war der Mann, der für die Spezialeffekte zuständig war. Gerade hockte er in einem Teil der Kulisse, der das Zimmer darstellen sollte, in dem Zorro und seine Freunde die Entführer überwältigt hatten. Morgen würden noch Einstellungen von den Bettlaken gedreht werden, mit denen sie die Entführer zu Fall gebracht hatten. Martin schien dafür schon etwas vorzubereiten und Backe fand, dass es interessant aussah.

„Ja, klar", stimmte Montag sofort zu und auch Lilly erhob sich.

„Ich komme mit", sagte Tessi und rollte ein Stück vor.

Nur Zorro winkte ab. Er war noch zu erschöpft. Also machten sich seine drei Freunde zusammen mit Tessi ohne ihn auf den Weg. Zorro sah ihnen nach und schloss dann für einen Moment die Augen. Als er sie wieder öffnete sah er, wie sich ein langer Schatten vor ihm auf dem Boden ausbreitete. Der Schatten gehörte zu einer Person, die neben Zorro stehengeblieben war. Zorro schob das Handtuch ein Stück von seinem Kopf. Vor ihm stand ein Mann. Zorro musterte ihn. Der Mann war groß und hager und hatte graues, schütteres Haar. Seine Augen lagen tief in den Höhlen und seine Nase erinnerte an den

Schnabel eines Adlers. Unterhalb der Nase verlief ein schmaler Bart, der wie mit dem Lineal gezogen aussah. Der Mann trug einen dunkelbraunen Anzug, der ihm eine Nummer zu groß war, und stützte sich mit der rechten Hand auf den Knauf eines schwarzen Regenschirms. In der linken Hand hielt er eine dunkle Aktentasche aus Leder.

Für einen Moment sah der Mann den Technikern beim Umbau zu. „Ist schon ein großes Filmprojekt“, sagte er dann wie zu sich selbst. „So viele Menschen braucht man also, um einen Film zu drehen. Na, es ist ja auch eine spannende Geschichte, oder nicht?“ Mit den letzten Worten drehte der Mann sich zu Zorro um und sah ihn mit einem freundlichen Lächeln an.

Zorro nickte wortlos. Dann bemerkte er, wie der Blick des Mannes auf seine Freunde fiel, die um Martin herumstanden und dessen Ausführungen lauschten.

„So jung, diese Helden. Was muss es für ein Gefühl für sie sein, ihre eigene Geschichte als Kinofilm zu sehen? Besonders für das Mädchen im Rollstuhl ist es bestimmt ein tolles Erlebnis. Sie ist doch die Schwester des Hauptdarstellers, oder nicht?“ Während er die letzten Worte sprach, sah der Mann wieder zu Zorro.

Der nickte stumm. Er wusste nicht, was er von dem Fremden halten sollte. Der Mann kam Zorro zwar irgendwie bekannt vor, aber er wusste nicht woher. Das wiederum wunderte Zorro nicht im Geringsten. In den letzten Wochen war er hier am Set so vielen Menschen begegnet, dass er sich kaum an alle erinnern konnte.

Doch dieser Mann sah nicht so aus, als würde er beim Film arbeiten. Sicher war Zorro sich aber nicht. Viele hier am Set sahen nicht so aus, wie er sich Filmleute vorgestellt hatte. Vielleicht gehörte der Mann zu der Firma, die den Film finanzierte? Vielleicht kam er aber auch von der Presse und wollte sich ein Bild von dem Filmprojekt machen?

„Ich kann mir nicht helfen, aber das Mädchen tut mir leid“, sagte der Mann, ohne den Blick von Tessi zu nehmen.

Nun wurde es Zorro zu bunt. Was nahm sich der Mann heraus, über seine Schwester zu reden? „Wissen Sie denn, wie es ihr geht?“, fragte Zorro herausfordernd.

Der Mann erschrak und wandte sich ihm wieder zu. „Nein, natürlich nicht. Es tut mir leid. Es ist nur so …“ Er zögerte einen Moment. „Ich habe ebenfalls einen Bruder, der …“ Wieder ließ er eine Sekunde verstreichen. „… behindert ist.“

Augenblicklich brach Zorros Ablehnung in sich zusammen. „Sitzt er auch im Rollstuhl?“, fragte er.

Der Mann schüttelte den Kopf. „Er konnte noch nie sitzen“, sagte er. „Er liegt nur im Bett. Ich habe mir als Kind immer gewünscht, dass ich ihm helfen könnte, aber es war hoffnungslos.“

Zorro schluckte.

„Er ist noch heute bettlägerig“, sagte der Mann und seufzte. „Aber genug davon.“

Zorro nickte abwesend und sah zu Tessi, die noch immer bei Martin saß und dem Techniker interessiert lauschte. Dann hörte er sich plötzlich sagen: „Ja, ich wünsche mir auch oft, dass ich ihr helfen könnte. Was würde ich dafür geben, dass sie laufen könnte? Immer hoffen wir, dass es eines Tages vielleicht doch eine Möglichkeit für Tessi gibt."

Der Mann nickte zustimmend.

„Ich recherchiere ständig im Internet. Manchmal liest man ja, dass es in anderen Ländern große Fortschritte in der Medizin gibt. Zum Beispiel in Amerika", berichtete Zorro. Er wusste nicht warum, aber er hatte Vertrauen zu dem Fremden gefasst. Und er spürte, dass er es mochte, mit jemandem über dieses Thema zu sprechen.

„Diese Hoffnung hatte ich damals für meinen Bruder auch. Aber nun habe ich mich damit abgefunden, dass ich ihm nicht helfen kann. Mir sind anscheinend die Hände gebunden. Wie bedauerlich, dass die Medizin auch heute noch nicht so weit ist. Obwohl …", sagte der Mann nachdenklich.

Zorro sah auf.

„Ach nichts", erwiderte der Mann und lächelte verkniffen. Dann holte er plötzlich tief Luft und sah Zorro direkt an. „Entschuldigung, bist du … ähm, sind Sie Zorro von Frangenberg?", fragte er.

Zorro nickte. „Und wer sind Sie?"

„Oh, Entschuldigung", sagte der Mann erneut, lehnte seinen Schirm an einen neben ihm stehenden Stuhl, zog eine Visitenkarte aus der Tasche und reichte sie Zorro.

Der bemerkte aus dem Augenwinkel, dass Backe, Montag und Lilly nun zu ihm herübersahen und den

Mann neugierig musterten. Sie erhoben sich und kamen gemeinsam mit Tessi zu ihm zurück. Der Mann lächelte ihnen freundlich zu, als sie Zorro erreichten. Zorros Freunde griffen sich herumstehende Stühle und setzten sich, wobei Backe den Mann skeptisch musterte.

Zorro betrachtete die Karte, die der Mann ihm gereicht hatte. „Albert Einstein, Privatsekretär" stand darauf. Ein Lächeln huschte über Zorros Gesicht. Da hatte jemand Humor. Er sah wieder hoch zu dem Mann. „Einstein – stimmt das?", fragte Zorro.

Der Mann schien im ersten Moment nicht zu verstehen. Dann lächelte er verkrampft und sagte: „Ja, mein Vater ..."

„Albert Einstein war Ihr Vater?", platze es plötzlich aus Backe heraus. Seine anfängliche Skepsis war Faszination gewichen.

„Nein, nein", sagte der Mann zögerlich. „Mein Vater war Naturwissenschaftler und verehrte Einstein, deshalb der Name."

Backe lehnte sich wieder zurück und nickte verständnisvoll. „Ich dachte schon."

„Und was kann ich für Sie tun, Herr Einstein?", fragte Zorro.

„Ich bin Privatsekretär von seiner Durchlaucht, dem Grafen von Döster-Waldberten."

Zorro zuckte unwillkürlich zusammen. Damit hatte er nicht gerechnet. Und er hätte es auch nicht für möglich gehalten. „Sie sind was?", entfuhr es Zorro.

Was wollte der Graf von ihm und wie konnte er sich erdreisten, ihn zu kontaktieren, nach all dem, was er Zorro angetan hatte? Skeptisch sah er zu Herrn Einstein hin. Nur zu gut erinnerte er sich noch an die Verfolgung durch den angeblichen Versicherungsdetektiv Jansen, der an das Geld und den Schmuck von Johanna von Frangenberg gelangen wollte – und zwar im Auftrag des Grafen.[1] Und nun schickte dieser Graf seinen Privatsekretär zu Zorro?

„Richten Sie dem Grafen aus, dass ich nicht interessiert bin. Was immer es auch sein mag!“, sagte Zorro bestimmt und reichte die Visitenkarte zurück an Herrn Einstein.

Dieser war für einen Moment überrumpelt, fing sich aber schnell wieder. „Ich bitte Sie, Herr von Frangenberg, hören Sie mich erst an“, sagte er und zog einen Klappstuhl heran, auf den er sich setzte. Vorsichtig stellte er seine Tasche neben den Stuhl und legte seine Hände auf die schmächtigen Oberschenkel.

Zorro schüttelte den Kopf. „Der Graf hat versucht, das Vermögen meiner Urahnin Johanna zu stehlen. Er hat uns Herrn Jansen auf den Hals gehetzt!“

„Es ist ein starkes Stück, dass er sich überhaupt traut, Sie zu uns zu schicken!“, fügte Lilly empört hinzu.

„Er hat mich nicht geschickt“, sagte Herr Einstein zaghaft und räusperte sich.

---

1 Siehe „Das weiße Z und die verschollenen Juwelen“

„Was soll das denn jetzt heißen?!“, fuhr Backe dazwischen.

Herr Einstein sah nachdenklich zu den fünf Jugendlichen, die ihn erwartungsvoll anblickten.

„Ich bin hier, weil … weil ich denke, dass es Zeit ist, dass der Streit zwischen den Familien von Döster-Waldberten und von Frangenberg endlich beendet wird“, sagte Herr Einstein und räusperte sich erneut.

„Hä?“, fragte Backe. „Streit? Ihr Arbeitgeber ist ein Krimineller!“

Herr Einstein sah erschrocken auf und Zorro bedeutet Backe, sich zurückzuhalten.

„Ja, also, natürlich … was passiert ist, war nicht richtig“, begann Herr Einstein vorsichtig und schien nach Worten zu suchen. „Dennoch glaube ich, dass es für beide Familien ein großer Gewinn wäre, wenn man die Streitigkeiten überwinden würde.“

„Das müssen Sie uns erklären“, mischte sich nun auch Montag ein.

„Das will ich gern machen“, erwiderte Herr Einstein und blickte sich vorsichtig um, als wollte er sicherstellen, dass sie nicht belauscht würden. „Vielleicht können wir das woanders besprechen? Irgendwo, wo wir mehr Ruhe haben?“

Zorro sah sich um. In der Tat war das Set nicht der beste Ort, um etwas in Ruhe zu besprechen. Es herrschte ein emsiges, lautstarkes Treiben. Gerade waren die Techniker dabei, eine neue Kulisse aufzubauen. Sie schoben ein großes Eisengerüst in die Halle und trugen allerlei Requisiten wie Fässer, Bretter, ein rostiges Rad, ein altes Waschbecken, eine Zinkwanne und verschmutzte Blumenkübel herbei. Gleichzeitig richteten andere Techniker an der Hallendecke die Scheinwerfer neu aus und wieder andere zogen Kabel oder markierten Stellen auf dem Boden, an denen Requisiten abgestellt werden sollten. Zorro erkannte in dem Gerüst den Schuppen, in dem er sich bei Montag im Garten versteckt hatte. Während die Techniker alles aufbauten, riefen sie sich unentwegt irgendwelche Dinge zu, reichten Werkzeuge weiter und machten auch ansonsten eine Menge Lärm. Doch Zorro hatte sich in den letzten Wochen am Set schon so an den Geräuschpegel der Filmcrew gewöhnt, dass er das alles gar nicht mehr bewusst wahrnahm. Das Hämmern, Bohren und Schrauben war zum täglichen Hintergrundgeräusch geworden.

„Gut“, sagte Zorro. „Gehen wir zu unserer Garderobe.“

Herr Einstein nickte. Auch Backe, Montag, Lilly und Tessi waren einverstanden. Sie verließen das Studio durch eine schwere Eisentür. Dahinter gelangten sie in einen langen, grauen Büroflur, von dem rechts und links Türen abgingen. Am Ende befand sich eine Tür, die in einen weiteren Flur führte. Nach wenigen Metern machte dieser einen Knick nach rechts. Zorro ging bis zur dritten Tür. Darauf befand sich ein schwarzes Schild, auf dem mit Kreide „Das weiße Z und ein Schloss voller Lügen“ geschrieben stand. Zorro öffnete die Tür. Der Raum, den sie nun betraten, war mit flauschigem Teppich ausgelegt. Im Raum verteilt standen rote Sessel und einige flache Tische, auf denen Zeitungen lagen und Schüsseln mit Obst standen. Auch von diesem Raum gingen weitere Türen ab. Auf denen standen die Namen von Zorro, Tessi, Backe, Montag und Lilly. Zorro ging auf die Tür zu, die seinen Namen trug, und öffnete sie. Seine private Garderobe war ungefähr zwanzig Quadratmeter groß und weiß gestrichen. Auf dem Boden lag ebenfalls ein flauschiger, blauer Teppich und an den Wänden hingen Bilder mit Landschaftszeichnungen. In der Mitte des Raumes stand ein kleiner, runder Tisch, um den fünf Sessel gruppiert waren. Am Kopfende des Raumes gab es eine Liege, auf der Zorro sich in den Drehpausen ausruhen konnte, einen Kleiderschrank sowie einen Kühlschrank, der Getränke enthielt.

Zorro deutete auf die Sessel. „Bitte setzen Sie sich doch", forderte er Herrn Einstein auf und zog einen der Sessel zurück.

Auch seine Freunde suchten sich jeweils einen Platz. Als sie alle saßen, bemerkte Zorro, wie unhöflich er gewesen war, und beeilte sich, Herrn Einstein etwas zu trinken anzubieten. Doch dieser lehnte ab. Stattdessen legte er seinen Hut neben sich und stellte die Aktentasche auf dem Boden ab. Zuletzt lehnte er seinen Schirm an den nächsten Sessel.

„Also, dann erklären Sie uns mal, warum Sie den Streit der Familien beenden wollen", forderte Montag und das Misstrauen in seiner Stimme war nicht zu überhören.

Herr Einstein zögerte kurz, räusperte sich dann und sagte: „Nun, ich stehe in den Diensten des Grafen von Döster-Waldberten und das schon seit bald zwanzig Jahren. Deshalb kenne ich die Geschichte der Familie recht gut. Ich weiß um das tragische Verhältnis von Karl und Johanna und den rätselhaften Tod Johannas ..."

„Die von ihrem Mann umgebracht wurde", warf Lilly ein.

„Was nicht bewiesen ist", korrigierte Herr Einstein und strich sich mit dem Zeigefinger über seinen Oberlippenbart. „Wie dem auch sei. Ich halte Johanna für eine großartige Frau und bin der Überzeugung, dass sie uns noch einige Geheimnisse hinterlassen hat. Aber um diese zu lösen, bedarf es einer Zusammenarbeit der Häuser von Döster-Waldberten und von Frangenberg. Ich bin gewiss, dass die Schlüssel zur Lösung vieler offener Fragen zu Johanna und ihrem Tun in beiden Familien versteckt sind."

„Was meinen Sie mit versteckten Schlüsseln?", fragte Backe und sah skeptisch zu Herrn Einstein.

„Ich meine natürlich keine richtigen Schlüssel. Nein, was ich meine, sind Hinweise."

„Aber unsere Familie besitzt nichts von Johanna von Frangenberg", sagte Zorro. „Ihr Mann Karl hat doch alles behalten. Also hat das Haus Döster-Waldberten alles, was Johanna hinterlassen hat. Wir haben nichts!"

„Nichts? Wirklich nichts?“, fragte Herr Einstein auf die Weise, auf die Lehrer ihre Schüler etwas fragen, wenn die Schüler eine falsche Antwort geben.

Zorro war für einen Moment unsicher. „Gut, wir haben den Schmuck.“

„Und damit wohl etwas sehr Wichtiges“, sagte Herr Einstein und legte seinen Kopf zur Seite.

„Und Sie meinen, dass der Schmuck ein Schlüssel für ein weiteres Geheimnis ist?“, fragte Tessi und rollte etwas auf Herrn Einstein zu.

„Ich weiß es nicht“, sagte dieser und seufzte. „Ich weiß nur so viel, dass ich schon seit Jahren versuche, mehr über Johanna in Erfahrung zu bringen. Doch immer wieder stoße ich auf Lücken. Auf Rätsel und Unstimmigkeiten. Und ich bin überzeugt, dass diese Rätsel sich lösen ließen, wenn die beiden Familien zusammenarbeiten würden.“

„Aber ich sagte Ihnen doch schon, dass wir – außer dem Schmuck – nichts haben, was Johanna gehört hat ...“, setzte Zorro an, jedoch unterbrach ihn Herr Einstein: „Aber ihr habt Dinge, die ihrer Familie gehört haben. Bücher ihres Vaters, Unterlagen ihres Onkels und noch mehr. Es kann gut sein, dass sich darin weitere Hinweise finden.“

„Hinweise worauf?“, hakte Tessi nach.

Herr Einstein räusperte sich erneut und sah sich um, als könnte jeden Moment jemand zur Tür hereinkommen. „Es gibt Vermutungen ... begründete Vermutungen, dass der Schmuck nicht der einzige Schatz ist, den

Johanna vor ihrem Tod verstecken konnte", sagte er und wollte gerade fortfahren, als Montag ihm ins Wort fiel: „Was für ein weiterer Schatz soll das sein?!"

„Ich weiß es eben nicht", entgegnete Herr Einstein und legte seine Hände auf die Knie. „Aber Briefe, die Johanna hinterlassen hat, deuten darauf hin. Sie spricht darin von einem großen Schatz, und dass dieser eines Tages gehoben werden wird. Ein Schatz, der unendlich wertvoll ist."

„Aber sie schreibt nicht, wo dieser Schatz versteckt ist?", fragte Lilly nach.

„Nein, natürlich nicht. Dann wäre ich nicht hierhergekommen. Immer, wenn sie in ihren Briefen oder ihren Tagebüchern auf den Schatz zu sprechen kommt, bricht sie plötzlich ab. Dann schreibt sie auf einmal über ihren Vater oder irgendeine Kindheitserinnerung. Meistens hat es etwas mit einem Gebet zu tun", erklärte Herr Einstein und sah für einen kurzen Moment nachdenklich zu Boden.

„Mit einem Gebet?", fragte Lilly interessiert. „Was für ein Gebet?"

„Genaueres weiß ich nicht. Aber für mich liest sich das wie ein Code. Ein Hinweis auf ein Versteck, das mit ihrem Vater oder ihrem Glauben zu tun hat", sagte Herr Einstein und rieb sich am Kinn.

„Aber ist es denn wirklich so ungewöhnlich, wenn jemand in seinem Tagebuch über seinen Glauben oder seine Familie schreibt?", fragte Montag.

„Eigentlich nicht. Aber es passiert jedes Mal, wenn sie über den Schatz spricht. Deshalb glaube ich, dass es ein Code ist. Ein versteckter Hinweis auf den Ort, an dem der Schatz verborgen ist. Aber um hinter das Geheimnis dieser Andeutungen zu kommen, brauche ich mehr Anhaltspunkte."

„Und die glauben Sie, bei uns zu finden", schloss Zorro und faltete seine Hände im Schoß.

Herr Einstein nickte.

Zorro, Lilly, Backe, Montag und Tessi sahen für einen Moment stumm vor sich hin. Dann erhob sich Zorro. „Ich will ganz ehrlich zu Ihnen sein", sagte er und sah Herrn Einstein konzentriert an. „Sagen wir, Sie haben recht und es finden sich tatsächlich Hinweise auf einen weiteren Schatz in unserer Bibliothek. Sagen wir, manche Rätsel aus den Briefen können mithilfe von Dokumenten aus dem Besitz meines Vaters gelöst werden. Wer würde den Schatz am Ende bekommen? Sie?!"

Herr Einstein schreckte auf. „Ich, wieso ich?"

„Also nicht Sie?", fragte Zorro leicht provozierend.

„Natürlich nicht", entgegnete Herr Einstein. „Der Schatz gehört selbstverständlich …", hier zögerte er plötzlich.

„Wem?", fragte Backe, wobei er die Augenbrauen hochzog.

„Na, den Familien von Frangenberg und …", erneut zögerte Herr Einstein und suchte nach Worten.

„Ich denke nur uns, der Familie von Frangenberg", sagte Zorro herausfordernd. „Schließlich hat der Ahne Ihres

Arbeitgebers meiner Ahnin schon genug weggenommen, finden Sie nicht?"

„Ja, gut", stotterte Herr Einstein. „Das stimmt wahrscheinlich schon. Aber wäre es nicht im Interesse aller, wenn der Schatz gefunden würde?" Herr Einstein schien sich nun wieder gefangen zu haben.

„Natürlich", sagte Zorro. „Aber ich bezweifle, dass der Graf von Döster-Waldberten das genauso sieht."

Herr Einstein dachte noch einen Moment nach, dann nickte er und sagte: „Gut, ich versichere, dass ich das umgehend klären werde. Ich werde in Ihrem Sinne auf den Grafen einwirken. Ich werde ihm das Versprechen abringen, dass der Schatz – sollte er gefunden werden – einzig der Familie von Frangenberg gehören wird."

„Ich bin gespannt, ob Sie das schaffen!", zweifelte Tessi.

„Nun ja", sagte Herr Einstein nun wieder zögerlich. „Es wäre sicherlich einfacher, wenn Sie, Herr von Frangenberg, den Grafen persönlich treffen würden."

Zorro zuckte kurz zusammen, was Herrn Einstein nicht entging. So fügte er eilig hinzu: „Ich weiß, nach alledem, was passiert ist, ist das kaum zumutbar. Das verstehe ich natürlich. Aber wie ich zu Beginn schon sagte, es wäre sicherlich für beide Familien gut. Und wenn der Graf Ihnen den Schatz überlassen würde, dann könnte er damit vielleicht ein bisschen was gutmachen?"

Zorro, der noch immer etwas erschrocken war, dachte über die Worte von Herrn Einstein nach. Dann holte er tief Luft und erklärte: „Herr Einstein, Sie sind ein netter Mensch. Aber mich mit dem Grafen von Döster-Waldberten zu treffen, kommt nicht infrage. Er hat meiner Familie, meinen Freunden und mir großen Schaden zugefügt. Er hat versucht, uns zu bestehlen und hat es inkauf genommen, dass uns dabei etwas passiert. Wenn es Ihnen wirklich wichtig ist, dann besorgen Sie mir Kopien der Texte, die Sie gefunden haben. Damit können wir dann durch unsere Bibliothek gehen und versuchen, die Lösung zu den versteckten Hinweisen zu finden."

Herr Einstein zögerte. Zorro sah, dass der Mann nach Worten suchte. „Und es gibt nichts, was Ihre Entscheidung ändern könnte?", fragte Herr Einstein.

„Ich fürchte nicht", sagte Zorro.

„Ich denke nur, Herr von Frangenberg, dass ... es wäre sicherlich für beide Familien von Vorteil, wenn man sich endlich aussöhnen würde ..."

„Ich habe dem, was ich Ihnen eben gesagt habe, nichts hinzuzufügen", sagte Zorro und erhob sich zum Zeichen, dass das Gespräch für ihn beendet war.

„Ich verstehe", sagte Herr Einstein und nickte beflissen. „Sie haben jeden Grund, meinen Vorschlag auszuschlagen."

Tessi, die an Zorros Seite gerollt war, blickte verwundert auf Herrn Einstein. „Sie verstehen?", fragte sie.

„Ja, natürlich", erwiderte Herr Einstein. „Es ist viel passiert. Ich kann die Reaktion Ihres Bruders deshalb gut nachvollziehen."

Für einen Moment schwiegen alle. Dann legte Herr Einstein beide Hände schwungvoll auf seine Oberschenkel, blickte in die Runde und sagte: „Gut, dann will ich mal wieder gehen.“ Er griff nach seinem Hut und seinem Schirm und erhob sich. Er hängte den Griff des Schirms über den linken Unterarm und wollte sich gerade herunterbeugen, um seine Aktentasche aufzuheben, als Backe sich schnell bückte und ihm die Tasche reichte.

„Vielen Dank“, sagte Herr Einstein höflich und tippte sich zum Abschied an seinen Hut. „Ich werde sehen, was ich tun kann.“ Damit wandte er sich zur Tür und verließ den Raum.

Für einen Moment blieben Zorro, Lilly, Montag, Backe und Tessi schweigend zurück. Zorro konnte nicht sagen, was es war, aber etwas hatte ihn an dem Besuch von Herrn Einstein gestört. Was war das gewesen? Zorro kam nicht darauf.

Dann ertönte auf einmal eine Stimme aus dem Lautsprecher im Vorzimmer: „Zorro, bitte ins Studio! Zorro, bitte ins Studio!“

„Also, weiter geht es“, seufzte Zorro. „Mal sehen, was wir jetzt noch machen müssen.“

„Wahrscheinlich ist die Verfolgungsszene doch nichts geworden“, scherzte Backe.

„Klar, müssen wir noch einmal machen“, ergänzte Montag.

„Bitte nicht!“, sagte Zorro und musste lachen.

Die anderen stimmten mit ein.

2. Die Anzeige

Seit drei Tagen war Zorro nun wieder zu Hause. Die Sommerferien hatten angefangen. Seine Eltern waren gleich in die Toskana gereist, um dort eine Woche in ihrem Ferienhaus zu verbringen. Zorro und Tessi hatten keine Lust gehabt mitzukommen. Sie kannten diese Reisen nur zu gut. Es war jedes Mal das Gleiche: Ihr Vater schlenderte durch Florenz und erzählte von Michelangelo und den Medicis, während ihre Mutter die Antiquitätenläden genauer unter die Lupe nahm. Sie war immer auf der Suche nach neuen Möbeln für das Schloss. Zorro und Tessi langweilten sich dabei meist fürchterlich. Deshalb hatten sie in diesem Jahr darauf bestanden, zu Hause bleiben zu dürfen. Dafür passte Onkel Ludwig auf Zorro und Tessi auf. Und dann war da noch Frau Hoffmann, ihre neue Haushälterin. Sie war eine untersetzte, rundliche Dame Anfang sechzig, mit grauem, lockigem Haar, rosigen Wangen und einem verschmitzten Lächeln. Zorro und Tessi hatten sie auf Anhieb gemocht. Frau Hoffmann kochte ihnen gern ihre Lieblingsgerichte und stellte Zorro und Tessi kleine Naschereien in die Zimmer. Mit Frau Hoffmann war noch jemand ins Schloss gezogen: Attila, Frau Hoffmanns Pudel. Genauer gesagt, Frau Hoffmanns Zwergpudel. Attila war ein wuscheliges Fellknäuel mit schwarzen Knopfaugen und in etwa so furchterregend wie ein Goldfisch.

Zorros Mutter war anfangs nicht begeistert gewesen, einen Hund im Haus zu haben, aber Zorros Vater fand die Idee gut. Sie hätte doch einen Wachhund gewollt, hatte er zu Zorros Mutter gesagt. Die hatte dabei auf das überdrehte Wollknäuel geschaut, das Purzelbäume auf dem Teppich schlug und dabei so eindrucksvoll bellte wie ein Hamster mit Husten. Neben seiner Größe und Verspieltheit, die Attila als Wachhund disqualifizierten, war er absolut bestechlich. Wer immer ihm ein Stück Wurst oder ein anderes Leckerli anbot, war sein Freund.

Tessi und Zorro fanden es toll, einen Hund im Haus zu haben. Besonders Tessi genoss es, mit Attila spazieren zu fahren oder mit ihm im Garten zu sitzen. So dauerte es nicht lange, bis Attila Tessi so lieb gewonnen hatte, dass er sich jeden Abend zu ihren Füßen zusammenrollte oder gleich bei ihr im Schoß lag.

Wenn Zorro Tessi mit dem verspielten Attila erlebte, wünschte er sich immer, dass Tessi mit Attila herumtollen könnte. Sie würde es lieben, mit dem Hund durch den Garten zu rennen oder ihn auf ausgedehnte Spaziergänge mitzunehmen. Manchmal saß Zorro hinter Tessi und beobachtete sie, wie sie dem Hund beim Spielen zusah. Das versetzte ihm jedes Mal einen Stich in seinem Herzen. Tessi war so lebensfroh, stark und optimistisch und das trotz der Tatsache, dass so vieles im Leben für sie kompliziert war. Während er, Zorro, sich spontan mit Freunden traf, war es für Tessi nicht so leicht. Jeder Ausflug, jeder Besuch bei Freunden musste geplant werden.

Immer musste Tessi sich darüber Gedanken machen, ob sie im Rollstuhl hierhin oder dorthin kommen konnte. Und wenn nicht, musste ihre Mutter sie fahren.

Wenn Zorro sich im Sommer mit Backe, Lilly und Montag verabredete, um zum See zu radeln, merkte er, wie Tessi ihn traurig ansah. Eilig bemühte er sich dann, ihr zu versichern, dass sie mitkommen sollte und sie ja mit dem Auto fahren könnten. Tessi schüttelte dann den Kopf und sagte ihm, dass er mit den anderen fahren sollte. Sie hätte ohnehin etwas anderes zu tun. Doch Zorro wusste, wie gern Tessi wüsste, wie es sich anfühlte, Rad zu fahren, auf einem Trampolin zu springen oder einfach mal zu rennen. Doch das war nicht möglich.

Tessi war seit ihrer Geburt von der Hüfte ab gelähmt. Ihre Behinderung hieß Spina bifida und rührte von einer Beschädigung der Wirbelsäule her. Sie würde immer gelähmt bleiben. Das hatten die Ärzte ihren Eltern zumindest so gesagt. Zorro hatte sich schon als kleiner Junge geweigert, das zu akzeptieren. Als er gerade fünf Jahre alt war, hatte er seinen Eltern verkündet, dass er Tessi eines Tages das Laufen beibringen würde. Er würde Arzt werden und eine Medizin entwickeln, mit der Tessi werde laufen lernen können. Seine Mutter hatte ihn nur gerührt angeschaut und ihm über den Kopf gestrichen. Doch der Gedanke hatte Zorro nie losgelassen. Es konnte doch nicht sein, dass die Menschen zum Mond fliegen konnten und man weltweit E-Mails verschicken konnte, aber es nicht möglich war, einen Wirbelsäulenschaden zu reparieren. Wann immer aber Zorro vor Tessi anfing, darüber nachzudenken, lächelte sie nur und sagte: „Oh, Dr. von Frangenstein plant ein neues Experiment?" Dann mussten sie beide lachen.

Zorro lag in seinem Zimmer auf dem Bett und fragte sich, warum er ausgerechnet heute wieder darüber nachdenken musste. Irgendetwas hatte ihn am Morgen darauf gebracht, aber er konnte sich nicht mehr genau erinnern, was es gewesen war. Er hatte in der Schlossküche gesessen und gefrühstückt. Die Sonne war durch das große Fenster im Osten in die Küche gefallen und hatte lange Lichtkegel auf den Boden geworfen. In einem dieser Kegel hatte Attila sich geräkelt, während Frau Hoffmann vor dem antiken Küchenherd gestanden hatte, um das Mittagessen vorzubereiten. Sie hatte mit den Kupfertöpfen hantiert, sie über die gusseisernen Herdplatten geschoben und dabei irgendeine Melodie gepfiffen, während Zorro an dem großen, alten Eichentisch gesessen und sein Müsli gegessen hatte. Dabei hatte er auf seinem Tablet Nachrichten gelesen, hatte im Internet gesurft und sich ein paar Hip-Hop-Videos angesehen. Irgendetwas war ihm währenddessen ins Auge gefallen … Eine Anzeige!

Eilig sprang Zorro von seinem Bett auf und griff sich sein Tablet. Er schaltete es wieder ein und überlegte für einen Moment, wo er die Anzeige wohl gesehen haben könnte. Er surfte zunächst durch die sozialen Netzwerke, die er heute Morgen besucht hatte, konnte aber nichts entdecken. Dann erinnerte er sich, dass er am Ende auf die Homepage des „Dösterfelder Anzeigers" geschaut hatte. Das war ihre Tageszeitung. Zorro las sie selten – fast nie. Sein Vater hingegen studierte die Zeitung täglich und auch seine Mutter las sie meistens am Abend, unten im Salon.

Heute aber hatte Zorro sich die Webseite der Zeitung angesehen. Er war neugierig gewesen, weil ihn am vorletzten Drehtag ein Reporter vom „Dösterfelder Anzeiger" interviewt hatte und das Interview heute erscheinen sollte. Zorro hatte sich durch die Rubriken geklickt, konnte das Interview aber nicht finden. Schließlich hatte er ein wenig lustlos und auch enttäuscht herumgescrollt und dann die Anzeige gesehen. Er konnte sich nicht mehr genau erinnern, warum sie ihm aufgefallen war. Aber etwas, ein Begriff, war ihm ins Auge gesprungen.

Nun klickte Zorro erneut auf den Link zum „Dösterfelder Anzeiger". Die Webseite baute sich auf. Nachdem sie vollständig geladen war, scrollte Zorro ein wenig nach unten und oben. Eilig überflog er die Überschriften und öffnete zwei Artikel, an die er sich vage erinnern konnte.

Und dann sah Zorro, was er gesucht hatte. Es war eine Anzeige am rechten Bildrand. Ein sogenanntes Banner. Zorro blickte auf das Banner. Am oberen Rand befand sich ein Bild, das eine herrschaftliche Villa zeigte. Im Hintergrund sah man einige schneebedeckte Berge. Unter dem Bild des Hauses stand „Grand Chalet le Comte, St. Gallen" und darunter:

Herzlich willkommen im Grand Chalet le Comte! Auf 1000 m.ü.NN am Pizol gelegen, verbindet das Chalet ländliche Ruhe mit Luxus auf höchstem Niveau. Hier können Sie Ihre Seele baumeln lassen.

Zorro übersprang die nächsten Zeilen, die die schöne Lage und besondere Küche des Chalets anpriesen, bis er auf die Stelle stieß, die er gesucht hatte.

Die dem Chalet zugehörige Klinik sowie das Sanatorium bieten ein breites Behandlungsprogramm für Menschen mit körperlichen Lähmungen. Sie werden hier von dem renommierten Arzt und Regenerationsforscher Prof. Dr. Thomas Jackson aus den USA behandelt. Er ist Spezialist für Rückenmarksschädigungen. Seine revolutionäre Forschung im Bereich der Rückenmarkszellen und erste sensationelle Erfolge brachten ihm den renommierten …

Zorro hielt inne und las den Absatz noch einmal. Er wiederholte die Worte „revolutionäre Forschung" und „sensationelle Erfolge". War es das? War das der Ort, an dem man Tessi würde helfen können? Zorro las den Abschnitt ein weiteres Mal. Dann fiel sein Blick auf das Ende der Anzeige. Was er dort las, ließ ihn erstarren. Das konnte nicht sein! Das durfte nicht sein! Dort stand:

Das Grand Chalet le Comte gehört zur Unternehmensgruppe des Grafen von Döster-Waldberten.

„Unternehmensgruppe“, las Zorro erneut und wunderte sich. War der Graf nicht fast pleite gewesen? Hatte er nicht deshalb versucht, an den Schatz von Johanna zu gelangen? Und nun las Zorro hier, dass dem Grafen dieses herrschaftliche Chalet in der Schweiz gehörte. Das passte alles nicht zusammen. Und dennoch konnte Zorro seine Gedanken nicht von der Anzeige ablenken. Vielleicht war dies die Lösung, nach der sie gesucht hatten? Was, wenn dieser Dr. Jackson Tessi wirklich helfen könnte?

Zorro sprang auf und begann, aufgeregt im Zimmer umherzulaufen. Was sollte er nur tun? Er wollte Tessi helfen – unbedingt. Aber diese Klinik gehörte dem Erzfeind seiner Familie. Warum, dachte Zorro, musste dieser Arzt nur genau in dieser Klinik tätig sein? Kurz überlegte er, ob es vielleicht eine andere Möglichkeit gab, an Dr. Jackson heranzukommen. Zorro hatte gehört, dass es Ärzte gab, die nicht nur in einer Klinik arbeiteten. Vielleicht hatte Dr. Jackson ja sogar eine eigene Praxis?

Zorro warf sich wieder aufs Bett und beugte sich erneut über das Tablet. Eilig tippte er den Namen von Dr. Jackson in das Feld der Suchmaschine ein und klickte die Entertaste. Anschließend überflog er die Suchergebenisse. Wenige Sekunden später gab Zorro einen enttäuschten Seufzer von sich. Dr. Jackson schien tatsächlich nur in der Klinik des Chalets zu arbeiten. Zorro fragte sich, ob der Graf von Döster-Waldberten wohl wissen würde, wer in seiner Klinik Patient war. Vielleicht könnten seine

Eltern ja mit Tessi dorthin fahren, ohne dass der Graf etwas davon mitbekäme.

Doch dann fragte Zorro sich, ob seine Eltern das überhaupt machen würden. Er konnte sich vorstellen, dass sie nicht so viel Hoffnung haben würden wie er. Schon früher hatte seine Mutter Zorro erklärt, dass sie sehr vorsichtig seien, wenn es um Behandlungen für Tessi ging. Sie wollten Tessi keine Hoffnung machen, die dann vielleicht enttäuscht würde. Wahrscheinlich wäre es dieses Mal genauso. Für einen Moment überlegte Zorro, ob seine Eltern vielleicht recht hatten? Was, wenn der Arzt Tessi nicht helfen könnte? Vielleicht war Tessi ein besonders schwerer Fall, bei dem er nichts tun könnte, und dann wären sie den ganzen Weg in die Schweiz gefahren – ohne Erfolg.

Aber dann keimte der Optimismus in Zorro wieder auf. Müsste man es nicht dennoch versuchen? Wenn dies Tessis große Chance war, durfte man sie doch nicht verstreichen lassen. Plötzlich dämmerte es Zorro: Er musste sich beeilen! Wenn er wartete, bis seine Eltern zurück waren, wäre es zu spät. Sie würden sicherlich dagegen sein und dann würde Tessi nie von Dr. Jackson behandelt werden. Dann machte sich in Zorro erneut Ernüchterung breit. Allein könnte er Tessi nicht in die Schweiz bringen. Er war auf seine Eltern angewiesen und die würden es nicht tun, da war Zorro sich sicher.

Gerade war er dabei, sich an den Gedanken zu gewöhnen, dass Tessi nicht von Dr. Jackson behandelt werden würde, als ihm ein neuer Geistesblitz kam: Onkel Ludwig. Er musste Onkel Ludwig davon überzeugen, sie zu begleiten. Und zwar in den nächsten Tagen. Bevor seine Eltern zurückkämen. Aber würde Onkel Ludwig nicht genauso reagieren wie seine Eltern? Möglich wäre es, und es gab nur einen Weg, das herauszufinden. Er musste ihn fragen.

Zorro schaltete das Tablet aus und klemmte es sich unter den Arm. Dann verließ er sein Zimmer. Im großen Treppenhaus des Schlosses war es ruhig. Irgendwo im Erdgeschoss hörte er Frau Hoffmann bei der Arbeit pfeifen. Er beugte sich über die Brüstung des Geländers und sah Attila in der Empfangshalle herumtollen. Tessi war nicht bei ihm. Dann schritt Zorro die große Freitreppe hinunter in die Halle.

Er hatte sich mittlerweile an das Leben im Schloss gewöhnt. All die Gemälde der Ahnengalerie, die Ritterrüstungen und die schweren Holztüren mit den Eisenbeschlägen kamen ihm nun ganz normal vor. Nur wenn neue Freunde zu Besuch kamen, die staunend durch die hohe Halle schritten und sich über den roten, flauschigen Teppich wunderten, der die Treppe hinaufführte, wurde Zorro die Besonderheit seines Heims wieder bewusst.

In der Halle wandte Zorro sich nach links und ging zu einer alten Wendeltreppe aus Stein, die in den Keller führte. Zorro drückte den Lichtschalter und stieg die Treppe hinunter. Seine Schritte hallten im Kellergewölbe. Unten angekommen schritt er einen kleinen Gang entlang, der direkt auf eine mittelalterliche Holztür zuführte.

In dem Raum hinter der Tür brannte Licht, wie Zorro an dem hellen Schein sah, der unter der Tür hindurch in den Gang fiel. Er klopfte an und wartete. Dann hörte eine gedämpfte Stimme.

„Herein!"

Zorro drückte die Türklinke herunter und betrat den Raum. Onkel Ludwig saß in einem Schaukelstuhl vor dem Kamin, in dem eine schwache Glut glomm. Eine Zeitung lag auf seinen Knien. Über den Rand seiner Brille, die auf seine Nasenspitze gerutscht war, sah er Zorro an.

Der lächelte und sah dann nach rechts auf den kleinen Schreibtisch aus Eichenholz, auf dem sich Zeitungen, Zeitschriften, Bücher, Dokumente und allerlei andere Gegenstände wie Tintenfässchen, Radiergummis, Kugelschreiber, Füller, Briefbeschwerer und ein Locher türmten. Das Ganze wurde von einer alten Messinglampe beleuchtet, deren goldener Lichtkegel ein Gefühl der Gemütlichkeit verbreitete. Auch auf dem Boden von Onkel Ludwigs Zimmer stapelten sich Bücher und andere Schriftstücke. In dieser Hinsicht, dachte Zorro, waren sein Vater und sein Onkel sich sehr ähnlich. Beide waren damit befasst, ihre jeweiligen Arbeitsräume mit Unmengen an Papier zu füllen. Und beide waren dabei unglaublich unordentlich.

„Was kann ich für dich tun?", fragte Onkel Ludwig, nachdem er Zorro für einen Moment beobachtet hatte.

Zorro sah sich um und griff sich dann einen einfachen Holzstuhl, der links von ihm in der Ecke stand. Natürlich stapelten sich auch darauf zahlreiche Zeitungen und Magazine. Er nahm diese von der Sitzfläche, legte sie auf einen Stapel auf dem Boden und trug den Stuhl zwei Schritte auf Onkel Ludwig zu. Dann setzte er sich und legte sich das Tablet auf den Schoß.

„Und?“, fragte Onkel Ludwig. Er hatte seinen Blick in den letzten Sekunden nicht von Zorro genommen.

„Ist dir nicht kalt hier?“; fragte Zorro und sah sich noch einmal um.

Onkel Ludwig hatte sich sein Arbeitszimmer in diesem alten Gewölbekeller eingerichtet, obwohl Zorros Vater ihm ein helleres und größeres Büro unter dem Dach angeboten hatte. Onkel Ludwig aber sagte, dass er sich hier wohler fühle. Es erinnere ihn an den Raum, in dem er sich zunächst im Schloss versteckt hatte.[2]

„Du bist doch nicht gekommen, um mich das zu fragen, oder?“, wollte Onkel Ludwig wissen, ohne seinen Blick von Zorro zu nehmen.

„Nein, natürlich nicht“, sagte der und schaltete das Tablet ein. „Ich muss dir etwas zeigen.“ Er wartete einige Sekunden und öffnete dann erneut die Webseite der Zeitung, auf der er die Anzeige entdeckt hatte. Dann reichte er das Tablet seinem Onkel.

Dieser faltete seine Zeitung zusammen und legte sie auf einen kleinen Hocker neben sich, bevor er das Tablet ergriff. Mit der linken Hand schob Onkel Ludwig

---

2 Siehe „Das weiße Z und die verschollenen Juwelen“

die Brille wieder zurecht und begann zu lesen: „Streit im Kleingarten. Nachbarschaftsstreit eskaliert …“

„Nein, nicht das“, fuhr Zorro dazwischen. „Ich meine die Anzeige.“

Onkel Ludwigs Blick wanderte nach rechts. „Grand Chalet Le Comte …“, las er laut. „Ja, und?“ Onkel Ludwig sah wieder auf.

„Lies weiter!“, sagte Zorro und deutete auf den Bildschirm des Tablets.

Onkel Ludwig senkte seinen Blick erneut und las weiter. Zorro beobachtete seinen Onkel dabei. Er wartete auf eine Regung.

Als Onkel Ludwig geendet hatte, sah er auf. „Und?“, fragte er. „Was soll mir die Anzeige sagen?“

„Lies das Impressum“, sagte Zorro. „Unten, die Adresse.“

Onkel Ludwig sah erneut auf die Anzeige. Dann breitete sich ein nachdenklicher Ausdruck auf seinem Gesicht aus. „Graf von Döster-Waldberten …“, sagte er ruhig. „Ein Chalet hat er also.“ Onkel Ludwig kratzte sich kurz an der Nase und fuhr fort: „Aber ich glaube nicht, dass wir ihm das abspenstig machen könnten. Ich meine, dass wir das gegen ihn verwenden könnten. Auch wenn es nun den Anschein hat, dass er wohl doch nicht so pleite ist, wie er uns vormachen will.“

„Das meine ich nicht“, sagte Zorro. „Ich meine den Arzt, und was er vielleicht für Tessi tun kann!“

Onkel Ludwig sah wieder auf die Anzeige, dann nickte er. „Du gibst nicht auf, oder?“, fragte er und nahm die Brille ab.

Zorro schüttelte den Kopf.

Onkel Ludwig sah Zorro für einen Moment an, ohne etwas zu sagen. „Zorro, ich weiß, dass du es gut mit Tessi meinst. Aber ich weiß nicht, ob das wirklich eine sinnvolle Idee ist. Was, wenn …“

„Es nicht klappt“, beendete Zorro den Satz. „Ich weiß. Das sagen meine Eltern auch immer.“

„Und haben sie nicht recht?“, fragte Onkel Ludwig.

Zorro überlegte einen Moment, dann erwiderte er: „Sollte das nicht Tessi entscheiden?“

Onkel Ludwig zuckte mit den Schultern und reichte Zorro das Tablet zurück.

„Gut“, sagte Zorro. „Nehmen wir einmal an, dass Tessi dafür wäre, es auszuprobieren. Würdest du uns dann helfen?“

„Wie kann ich euch dabei helfen? Du weißt, ich habe kein Geld für eine solche Einrichtung. Und ich nehme an, du auch nicht“, antwortete Onkel Ludwig.

„Würdest du uns dahin begleiten?“, fragte Zorro nachdrücklicher.

„Und dann?“, fragte Onkel Ludwig.

„Dann machst du dir ein paar schöne Tage in der Schweiz“, sagte Zorro und lächelte seinen Onkel an.

„Ich glaube, ich sollte dich lieber nicht fragen, was du vorhast, oder?“, fragte Onkel Ludwig, wobei er sich in seinem Stuhl zurücklehnte.

„Es ist nichts Schlimmes und auch nicht verboten“, sagte Zorro.

„Das heißt, du hast eine Idee?“, fragte Onkel Ludwig. Er saß nun bequem zurückgelehnt und hatte die Beine übereinandergeschlagen.

Zorro nickte kurz. Dann stand er auf und verabschiedete sich. Er spürte, wie Onkel Ludwig ihm nachsah, als er das Zimmer verließ.

3. Die Täufer

Zorro hockte vor Tessi und hielt ihre Hände. Seine Schwester hatte den Kopf zur Seite gewandt und sah durch das große Fenster ihres Zimmers auf die alte Kastanie im Garten. Für einen Moment saßen sie nur so da. Dann zog Tessi ihre Hände zurück und rollte einen Meter zur Seite an ihren Schreibtisch. Sie klappte ihren Laptop auf und drückte den Einschaltknopf.

„Was machst du?“, fragte Zorro.

„Ich will wissen, was man sonst so über diesen Dr. Jackson findet“, sagte Tessi. Zorro nickte stumm.

Vor einer halben Stunde war er zu Tessi ins Zimmer gekommen und hatte ihr die Anzeige gezeigt. Anders als Onkel Ludwig hatte Tessi sofort verstanden, worauf Zorro hinauswollte. Für einen scheinbar unendlichen Moment hatte Tessi auf die Anzeige geschaut und nichts gesagt. Zorro hatte seinen Blick nicht von ihr genommen und dabei seine Hände nervös aneinander gerieben. Dann hatte Tessi aufgeschaut und anscheinend durch ihn hindurchgesehen. Zorro hatte sich nicht getraut, sie zu fragen, was sie von alledem hielt. Gleichzeitig war er vor Neugier geplatzt.

Schließlich hatte er sich nicht mehr zurückhalten können und gesagt: „Tessi, wir müssen das nicht machen. Ich habe nur gedacht, dass …“

An dieser Stelle hatte Tessi ihn unterbrochen: „Ich weiß, was du denkst, und ich gebe dir recht. Es ist eine Chance. Vielleicht nur eine kleine, aber es ist eine Chance. Aber wie sollen wir da hinkommen?“

„Das lass mal meine Sorge sein“, hatte Zorro geantwortet und gelacht, als Tessi ihn mit hochgezogenen Augenbrauen angeschaut hatte.

„Bist du schon so berühmt, dass du ein Privatflugzeug hast?“

„Flugzeug?“, hatte Zorro gespielt empört geantwortet. „Ich besitze ein Raumschiff!“

Dann hatten sie beide gelacht.

„Du willst da aber nicht mit dem Bus hinfahren, oder?“, hatte Tessi schließlich gefragt.

Zorro hatte den Kopf geschüttelt. „Ich habe eine andere Idee“, hatte er gesagt. „Aber ich muss noch mit Onkel Ludwig darüber sprechen.“

Tessi hatte sich mit dieser Antwort zufriedengegeben. Nun saß sie über ihren Laptop gebeugt und las einen Text über Dr. Jackson.

„Soll ich dann Onkel Ludwig Bescheid geben?“, fragte Zorro und stand auf.

Tessi nickte stumm.

Dann verließ Zorro den Raum.

Wenig später stand Zorro wieder bei Onkel Ludwig im Kellergewölbe. Der war mittlerweile an seinen Schreibtisch umgezogen und saß da über ein Buch gebeugt. Zorro konnte den Titel lesen: „Luther und seine Zeit – Kunst und Kultur in der Renaissance“.

„Wow, das klingt ja nach einem echten Pageturner“, sagte Zorro und zog die Augenbrauen hoch.

„Was ...“, stotterte Onkel Ludwig, der Zorro erst jetzt bemerkte.

„Ein Pageturner“, wiederholte Zorro. „Das ist ein Buch, das man nicht weglegen kann, weil es so spannend ist. Man möchte immer wissen, wie es weitergeht.“

„Ja, das ist es!“, sagte Onkel Ludwig und lächelte. Offensichtlich hatte er nicht verstanden, dass Zorro seine Bemerkung als Scherz gemeint hatte. „Das Buch ist in der Tat faszinierend“, fuhr Zorros Onkel fort. „Es befasst sich nämlich nicht nur mit Luthers Reformation, sondern auch mit anderen reformatorischen Bewegungen.“

Zorro nickte abwesend.

„Das sollte dich interessieren“, sagte Onkel Ludwig.

„Warum?“, fragte Zorro, bemüht, neugierig zu klingen. Dabei gingen ihm gerade ganz andere Dinge im Kopf herum.

„Weil ich hierin etwas zu Johanna gefunden habe“, erklärte Onkel Ludwig.

Zorro stutzte. Johanna hatte doch lange Zeit nach der Reformation gelebt. Erst im 18. Jahrhundert.

„Natürlich nicht über sie persönlich“, sagte Onkel Ludwig. „Aber über ihre Urgroßmutter Isolde.“

Zorro nickte. Er wusste allerdings nicht, was sein Onkel ihm damit sagen wollte.

„Isolde lebte im 16. Jahrhundert“, fuhr Onkel Ludwig fort. „Und sie war eine Täuferin.“

Zorro zuckte mit den Schultern. Das sagte ihm überhaupt nichts. „Ist das wichtig?“, fragte er vorsichtig.

Onkel Ludwig nickte. „Ich gehe davon aus, dass du nicht weißt, was Täufer sind?“

Zorro schüttelte den Kopf. Er hatte davon noch nie gehört.

„Täufer waren Anhänger einer Bewegung, die sich ungefähr ab dem Jahr 1525 im Zuge der Reformation entwickelte. Die Täufer waren eine sehr radikale, reformatorische, christliche Gruppe. Sie lehnten zum Beispiel das Privateigentum ab und meinten, dass Christen alles teilen müssten. Dass also alles allen gehöre. Auch forderten sie die Abgrenzung der Christen von anderen Gruppen. Außerdem – und daher haben sie ihren Namen – lehnten sie die Säuglingstaufe ab.“

„Was heißt das?“, fragte Zorro.

„Das heißt“, erklärte Onkel Ludwig, „dass sie keine Babys oder kleinen Kinder tauften. Sie waren der Überzeugung, dass man erst getauft werden könne, wenn man sich selbst bewusst dafür entscheiden würde.“

„Und das kann ein Baby noch nicht“, schlussfolgerte Zorro. „Verstehe. Aber warum ist das wichtig für uns?“

„Weil die Geschichte der Täufer eine sehr wechselhafte ist und ich glaube, dass Johanna von ihnen beeinflusst wurde!“, sagte Onkel Ludwig in einem verschwörerischen Tonfall. „Aber du bist nicht gekommen, um mit mir über Johanna zu sprechen, stimmt's?"

„Nein, Onkel Ludwig", sagte Zorro. „Ich habe mit Tessi geredet. Sie ist einverstanden, dass wir es versuchen. Das mit der Klinik, meine ich."

Augenblicklich legten sich Sorgenfalten auf Onkel Ludwigs Stirn. Nun war er es, der abwesend nickte, wobei er auf irgendeinen Punkt an der Wand hinter Zorro starrte.

Was mochte gerade in seinem Kopf vorgehen?, fragte Zorro sich. „Ich habe auch schon eine Idee, wie wir dort hinkommen", sagte er.

Onkel Ludwig blickte auf. „Ja?", fragte er verwundert.

„Ja", sagte Zorro. Und dann ließ sich Zorro auf dem Stuhl mit dem Samtbezug nieder, der direkt vor Onkel Ludwigs Schreibtisch stand, und begann zu erzählen. Er sprach über den vorletzten Tag beim Film und das Gespräch mit Herrn Einstein und dessen Wunsch, dass sich die Familien von Frangenberg und von Döster-Waldberten endlich wieder aussöhnen sollten. Je mehr er erzählte, desto faszinierter sah Onkel Ludwig ihn an.

Als Zorro seine Schilderung beendet hatte, lehnte Onkel Ludwig sich in seinem Sessel zurück und faltete die Hände im Schoß. „Der Herr Einstein hat dich tatsächlich gebeten, zum Grafen von Döster-Waldberten zu kommen?"

Zorro bejahte das.

„Das muss man ihm lassen", sagte Onkel Ludwig. „Nach all dem was passiert ist, traut er sich noch, dich anzusprechen. Aber was hat das Ganze mit der Reise in die Schweiz zu tun?“

„Nun, es ist doch ganz einfach: Ich werde Herrn Einstein kontaktieren und ihm mitteilen, dass ich einverstanden bin, den Grafen zu treffen. Aber nicht auf seinem Schloss, sondern in der Schweiz“, sagte Zorro und wartete gespannt auf die Reaktion von Onkel Ludwig.

Dieser pfiff anerkennend und richtete sich sogleich in seinem Stuhl auf. Er stützte die Ellenbogen auf dem Tisch ab, verschränkte die Hände und legte sein Kinn darauf ab. Dann musterte er Zorro. Nach einer gefühlten Ewigkeit sagte er: „Das ist aber nicht ungefährlich, was du da vorhast.“

Ohne näher darauf einzugehen, antwortete Zorro: „Deshalb brauche ich ja auch deine Hilfe.“

Onkel Ludwig nickte stumm. „Hast du irgendeine Idee, was Herr Einstein sucht?“

„Du meinst, warum er will, dass sich unsere Familien versöhnen?“, fragte Zorro. „Nein, keine Ahnung. Er hat nur etwas von Johannas Tagebüchern erzählt.“

„Ich würde zu gern wissen, was er darin entdeckt hat“, sagte Onkel Ludwig und lehnte sich wieder zurück.

Eine Weile tauschten die beiden noch Vermutungen aus, dann erhob sich Onkel Ludwig und ging um den Schreibtisch herum. Er setzte sich auf die Kante des Tischs und ließ seine Hände in den Jacketttaschen verschwinden. Für einen Moment starrte er auf den Boden, bevor er ansetzte: „Gut, ich helfe dir und Tessi. Aber wir müssen noch ein paar Vorkehrungen treffen und ich schlage vor, dass du deine Freunde bittest mitzukommen."

„Das *Weiße Z?"*, fragte Zorro verwundert. „Wieso das?"

„Nennen wir es eine Vorsichtsmaßnahme", sagte Onkel Ludwig und erhob sich. „So, und nun habe ich noch zu tun. Ruf du Herrn Einstein an und teile ihm deine Entscheidung mit. Dann sehen wir ja, wie er reagiert." Onkel Ludwig sah Zorro mit einem milden Lächeln an.

Zorro war erleichtert. Er war dankbar, dass Onkel Ludwig zugesagt hatte. Sie würden Tessi helfen können. Vielleicht war das wirklich der Durchbruch, auf den Zorro so gehofft hatte – oder zumindest ein erster Schritt dorthin.

4. Die Gestalt am Fenster

Am anderen Ende der Leitung herrschte Schweigen. Zorro knabberte nervös an seinen Fingernägeln. Er hatte das Gefühl, dass sein Atem in dem großen Zimmer nachhallte. Sein Herz raste und seine Handflächen waren schweißnass.

„Sie wollen also, dass ich den Grafen bitte, Sie in die Schweiz zu bringen?“, fragte Herr Einstein noch einmal, obwohl Zorro ihm seine Bedingungen gerade ausführlich dargelegt hatte.

„Mich und meine Freunde, sowie Tessi und meinen Onkel“, sagte Zorro und merkte, wie seine Stimme zu zittern begann. Worauf hatte er sich nur eingelassen? Vielleicht hatte Onkel Ludwig mit seiner Skepsis doch recht. Womöglich war das alles eine Nummer zu groß für ihn.

Er wusste schließlich, wozu der Graf fähig war. Er hatte versucht, über Herrn Jansen durch ein Verbrechen an Johannas Juwelen zu gelangen. Fast wäre ihm das auch gelungen. Und nun saß Zorro hier und verhandelte mit dem persönlichen Sekretär des Grafen.

Zorro fühlte sich der Situation nicht wirklich gewachsen. Zudem konnte er bisher nicht einschätzen, ob der Sekretär und der Graf sich auf seine Bedingungen einlassen würden.

„Darf ich fragen, was seine Durchlaucht der Graf dafür im Gegenzug erwarten kann?“, fragte Herr Einstein. Eine Frage, die ihm hörbar unangenehm war.

„Ich wäre dann bereit, dem Grafen – oder Ihnen – bei der Suche nach dem restlichen Schatz zu helfen“, antwortete Zorro.

„Sie würden sich also mit dem Grafen treffen?“, fragte Herr Einstein überrascht.

„Das oder was immer sinnvoll ist, um Johannas Geheimnisse endlich zu lüften“, bestätigte Zorro.

Herr Einstein schwieg für einen Moment und Zorro beschlichen erneut Zweifel, ob sein Vorgehen sinnvoll war.

„Sie werden verstehen, dass ich dafür mit seiner Durchlaucht Rücksprache halten muss.“

„Das verstehe ich“, sagte Zorro, bemüht, so lässig zu klingen, wie er konnte.

„Gut, ich werde mich beeilen, dies zu tun“, sagte Herr Einstein trocken.

Es entstand eine kurze Pause, dann sagte Zorro: „Sie wissen ja, wie Sie mich erreichen können.“

„In der Tat“, erwiderte Herr Einstein. „Sie werden von mir hören.“

Dann hatte auch Zorro sich verabschiedet und aufgelegt. Augenblicklich fiel ihm ein Stein vom Herzen und der Kloß in seinem Hals löste sich auf. Nun konnte er nicht mehr tun als warten. Und Montag, Lilly und Backe fragen, ob sie mitkommen würden.

Zorro erhob sich von der Bettkante und ging hinüber zum Schreibtisch. Er ließ sich in seinen Schreibtischstuhl fallen. Dann holte er Schwung und drehte sich im Kreis. Er legte den Kopf in den Nacken und sah hinauf zur Zimmerdecke. Die Stuckverzierung rauschte an ihm vorbei, und die Kristalle des Kronleuchters glitzerten in der Sonne wie in einem Kaleidoskop, das man vor ein Fenster hält.

Etliche Gedanken drehten sich in Zorros Kopf. War das wirklich richtig, was er hier tat? War es nicht vollkommen verrückt? Und was würden seine Eltern sagen, wenn sie von seinem Ausflug erführen? Zorro konnte es sich vorstellen. Sie wären außer sich. Es sei denn, Tessi würde es am Ende besser gehen. Zorro merkte, wie sich schon wieder Hoffnung in ihm ausbreitete. Was wäre, wenn dieser Dr. Jackson tatsächlich eine Therapie entwickelt hätte, die Querschnittsgelähmten helfen würde zu laufen? Oder zumindest ein paar Schritte zu gehen? Es wäre das erste Mal für Tessi, dass sie ihre Beine würde benutzen können. Wie würde sie sich fühlen?

Zorro bremste den Stuhl abrupt und richtete sich auf. Ihm war schwindelig. Er rieb sich mit den Händen über das Gesicht und ließ den Kopf für einen Moment hängen. Er musste aufhören zu träumen. Er musste aufhören, so viel auf diesen Dr. Jackson zu setzen. Vielleicht konnte der am Ende gar nichts erreichen, weil bei Tessi die Sache komplizierter war als bei anderen? Zorro beschloss, ab sofort nicht mehr daran zu denken, was alles passieren könnte. Stattdessen wollte er sich auf die Reise vorbereiten, denn sein Gefühl sagte ihm, dass der Graf seinem Vorschlag auf jeden Fall zustimmen würde. Nun galt es, seine Freunde von der Reise zu überzeugen. Zuerst überlegte Zorro, sie anzurufen. Doch dann beschloss er, dass es besser wäre, Lilly, Backe und Montag persönlich zu treffen. Heute war Mittwoch. An diesem Tag waren seine drei Freunde immer im Jugendzentrum der Gemeinde und planten die nächsten Veranstaltungen, wie beispielsweise Konzerte, Feste oder Spieleabende.

Zorro erhob sich, steckte sein Handy ein und griff sich eine Jacke vom Haken neben der Tür. Dann verließ er das Zimmer. Mit großen Schritten eilte er die Freitreppe hinunter und lächelte, als er Frau Hoffmann aus den Augenwinkeln erblickte, die seine Sprünge über die Treppe mit einem Kopfschütteln tadelte.

„Bis später, Frau Hoffmann", rief Zorro und war mit zwei Sätzen an der schweren Eingangstür.

Der eiserne Griff fühlte sich kalt in seiner Hand an. Zorro drückte die Türklinke hinunter und wuchtete die Tür auf. Er wandte sich nach rechts. Dort, an die Mauer gelehnt, stand sein Skateboard. Er klemmte es sich unter den Arm, während er über den Kiesweg zum großen Tor ging. Wenige Meter vor dem Tor ragte eine silberne Säule aus dem Boden. Zorro ging daran vorbei und drückte beiläufig den grauen Knopf, der sich daran befand. Augenblicklich öffnete sich das Tor. Sein Vater hatte diesen Automatismus nachrüsten lassen, weil er es leid gewesen war, immer aus dem Wagen zu steigen, um das Tor zu öffnen, wenn er vom Schlosshof fuhr. Zorro schlenderte durch den steinernen Torbogen und kam zum asphaltierten Gehweg. Dort ließ er das Skateboard lässig herunterrutschen, sodass es mit einem Klack auf den Boden fiel, sprang drauf, holte einmal Schwung und rollte den Weg in Richtung des Ortszentrums von Dösterfelde hinunter.

Der Wind wehte ihm durchs Haar und riss seine Jacke nach hinten. Zorro liebte diese Fahrten vom Schlosshügel hinunter ins Dorf. Und mittlerweile mochte er auch Dösterfelde. Ja, er fühlte sich hier fast schon zu Hause. Er erinnerte sich noch genau, wie er vor drei Jahren mit seinen Eltern zum ersten Mal hierhergekommen war. Er, der MC und Rapper aus der Großstadt Hamburg, hatte plötzlich auf dem Markplatz dieses Dorfes gestanden. Irgendwo im Nirgendwo. Ungläubig hatte er auf den Kirchturm und die umliegenden kleinen Läden geschaut, die zur Mittagszeit alle geschlossen waren. Er hatte einer alten Frau auf dem Fahrrad nachgesehen, die an ihm vorbeigefahren war, hatte das Bellen eines Hundes in der Ferne gehört und das stoische Muhen der Kühe aus den Ställen.

Er war sich zunächst sicher gewesen, dass die Idee, aufs Land zu ziehen, nur eine vorübergehende Laune seiner Eltern sein würde. Sie würden sich alles ansehen und dann feststellen, dass sie nicht in dieses Dorf passten. Doch Zorro hatte sich getäuscht. Und er hatte es ab dem Moment gewusst, als er das Schloss gesehen hatte, in dem sie nun lebten. Seine Mutter hatte sich umgehend in das Schloss Dösterfelde verliebt und war nicht davon abzubringen gewesen, dorthin zu ziehen. Vielleicht hatte das aber auch an der halbherzigen Art gelegen, mit der sein Vater es versucht hatte. Denn auch sein Vater, der erfolgreiche Verleger und Bücherwurm, war von dem Schloss begeistert gewesen.

So hatte Zorro sich seinem Schicksal gefügt. Zumindest vorerst. Kurz nachdem sie hierher gezogen waren, hatte er begonnen, einen Plan zu schmieden, der ihn aus Dösterfelde wegbringen sollte. Doch dieser Plan endete in einer Katastrophe. Der Katastrophe, die das ganze Abenteuer, in dem er und seine Freunde seitdem steckten, ausgelöst hatte.

Zorro bog um eine Ecke und folgte der gewundenen Gasse bis zum Kirchplatz. Mit einem geschickten Tritt auf den hinteren Rand stoppte er das Skateboard und ließ es mit einem weiteren Tritt hochschnellen, sodass er es wieder in der Hand hielt. Er stieg die drei Stufen hoch und ging auf die Glastür des Gemeindezentrums zu. Er, Zorro, in einer Gemeinde! Das hätte er sich vor drei Jahren auch nur schwer vorstellen können. Doch jetzt war es für ihn selbstverständlich geworden. Auch so eine Folge seines ersten Abenteuers.

Zorro zog die Glastür auf und betrat den Raum dahinter. Links ging eine Holztür ab, die zum Veranstaltungsraum mit dem Tresen und der Bühne führte. Meist waren seine Freunde dort zu finden und spielten Tischtennis,

Tischfußball oder planten eine Veranstaltung für Teens. Manchmal saßen sie auch alle vier in der alten Sofaecke und sprachen über Dinge, die ihnen durch den Kopf gingen. Zorro mochte diese Gespräche, denn seit er angefangen hatte, in der Bibel zu lesen, ging ihm eine Menge Zeug durch den Kopf. Es war gut, mit Freunden darüber zu sprechen, die sich zwar ein bisschen besser in der Bibel auskannten als er, aber nicht besserwisserisch waren.

„Hallo Zorro", rief Lilly erfreut, als er den Raum betrat.

Auch Backe und Montag warfen ihm einen kurzen Gruß zu, bevor sie sich wieder ihrem Tischfußballspiel widmeten.

Lilly stand hinter dem Tresen und sortierte Gläser. „Wir hatten hier gestern einen Mädchenabend", sagte sie, als müsste sie sich entschuldigen. „Ich muss noch ein bisschen aufräumen."

Zorro nickte und lehnte sein Skateboard gegen den Tresen. Dann ließ er sich auf einem der hölzernen Barhocker nieder und verschränkte die Arme vor sich.

„Möchtest du eine Limonade?", fragte Lilly und öffnete den Kühlschrank.

„Ja, gern", sagte Zorro.

Lilly holte eine orangefarbene Flasche heraus und griff sich ein Glas. Sie stellte beides vor Zorro ab. Doch Zorro machte keine Anstalten, nach der Flasche und dem Glas zu greifen.

„Soll ich es dir auch noch einschenken?", fragte Lilly misstrauisch.

„Nein, nein“, sagte Zorro und schob sich seine Mütze in den Nacken.

„Was ist los?“, fragte Lilly.

Zorro begann, mit dem Zeigefinger Kreise auf der Theke zu ziehen.

„Nun sag schon“, bohrte Lilly.

„Hast du in den nächsten Tagen etwas vor?“, fragte Zorro und sah Lilly dabei direkt in die Augen.

„Was meinst du?“, fragte sie und drehte sich kurz weg, um ein Glas ins Regal zu stellen.

„Na, hast du ein paar Tage Zeit?“

„Wofür?“

„Für eine Reise“, antwortete Zorro.

„Eine Reise?“, fragte Lilly überrascht und skeptisch zugleich.

„In die Schweiz“, sagte Zorro.

„In die Schweiz?“, fragte Lilly. „Was sollen wir denn da?“

Und dann begann Zorro, Lilly von seiner Entdeckung in der Zeitung zu erzählen. Von der Anzeige und der Klinik, der Tatsache, dass er sich mit dem Grafen treffen würde und dass er schon mit seinem Onkel über alles gesprochen hätte.

Mittendrin stoppte Lilly ihn und rief über seine Schulter: „Backe, Montag – das müsst ihr auch hören!“

Backe und Montag unterbrachen ihr Spiel und kamen zum Tresen geschlendert.

Sie setzten sich auf zwei freie Barhocker und Zorro begann, von Neuem zu berichten. Als er geendet hatte, sahen ihn seine drei Freunde mit weit aufgerissenen Augen an.

„Du willst das ernsthaft machen?“, fragte Backe, schob sich seinerseits die Baseballkappe in den Nacken und bat Lilly, ihm eine Cola zu geben.

Montag hielt seinen Blick konzentriert auf den Tresen gerichtet und sagte zunächst nichts.

„Das ist doch Wahnsinn!“, sagte Backe, nachdem er einen großen Schluck von seiner Cola genommen hatte. „Ich meine, das ist die Höhle des Löwen, oder nicht?“

„Er hat uns bei der Suche nach dem Schatz von Johanna ganz schön in Bedrängnis gebracht, der gute Graf von Döster-Waldberten“, stimmte Lilly zu.

„Er hat seinen Herrn Jansen auf uns gejagt“, protestierte Backe.

„Das weiß ich doch alles“, sagte Zorro. „Aber es geht um Tessi.“

Nun hob Montag seinen Blick und drehte sich langsam in Zorros Richtung. Dann fragte er: „Bist du dir sicher, dass Tessi damit klarkommt, wenn es nichts wird?“

Plötzlich war es ganz still im Raum. Montag hielt seinen Blick auf Zorro gerichtet, dem diese Aufmerksamkeit unangenehm war.

Dann nickte Zorro. „Ich habe mit Tessi gesprochen“, sagte er. „Sie weiß, dass vielleicht alles nicht klappen wird – dass es keine Verbesserung geben wird. Aber sie will es versuchen."

Alle nickten. Jeder konnte das verstehen.

„Und dein Onkel kommt mit?", fragte Montag.

Zorro bejahte.

„Dann bin ich dabei", sagte Montag und grinste in die Runde.

„Ich auch", sagte Lilly.

„Logisch", sagte Backe.

Die vier klatschten sich ab. Zorro konnte das Glücksgefühl kaum beschreiben, das ihn durchfloss. Er war dankbar, solche Freunde zu haben. Gleichzeitig machte sich Erleichterung in ihm breit. Er würde nicht allein sein, wenn Tessi erfuhr, ob ihre Lähmung gemildert werden könnte oder nicht.

Zorro nahm sein Glas und wollte gerade einen Schluck nehmen, als er plötzlich einen Schatten bemerkte. Oder war es etwas, das er aus dem Augenwinkel gesehen hatte? Er stellte das Glas ab und drehte sich um.

„Was ist?", fragte Backe.

Zorro antwortete nicht, sondern sah aus dem Fenster auf den Busch vor dem Haus. Und wieder fühlte er sich zurückversetzt in die Situation von damals. Es war der Tag gewesen, an dem er zum ersten Mal ins Gemeindezentrum gekommen war. Auch damals hatte er jemanden durchs Fenster vor dem Haus gesehen. Er war nach draußen gerannt und hatte wie wild im Gebüsch gesucht. Aber dort war niemand gewesen. War es jetzt nur eine Erinnerungsfälschung, ein sogenanntes Déjà-vu? Nein, Zorro war sich ganz sicher, dass da jemand draußen war. Jemand der ihn oder sie beobachtet hatte. Er rutschte von seinem Hocker und ging zur Tür.

„Hast du was gesehen?", fragte Montag besorgt.

„Ja, da draußen ist jemand", sagte Zorro entschlossen.

„Schon wieder?", fragte Lilly und stellte das letzte Glas ins Regal.

Ohne zu antworten, öffnete Zorro die Tür und trat in den Vorraum. Backe und Montag folgten ihm auf dem Fuß. Mit zwei Schritten war Zorro an der Glastür und zog diese ebenfalls auf. Er wartete eine Sekunde, bevor er nach draußen trat. Ohne ein Wort zu sagen, bedeutete Zorro Backe und Montag mit Handzeichen, links um das Haus zu gehen. Er würde rechtsrum gehen. Die beiden nickten.

Langsam und sich umsehend, ging Zorro zur rechten Hausecke. Am Ende der Hauswand blieb er stehen und lehnte sich mit dem Rücken an die Wand. Er atmete durch. Obwohl er sich gar nicht sicher war, ob er überhaupt etwas gesehen hatte, spürte er, wie sein Herz raste. Dann nahm er seinen ganzen Mut zusammen und drehte sich um. Er sah direkt auf das Gebüsch vor dem Fenster des Versammlungsraums. Das Gebüsch bestand aus zwei großen Rhododendronbüschen und zwei oder drei Buchsbäumen sowie weiteren Büschen, die er nicht kannte. Hinter den Büschen wuchsen zwei kleine Birken. Zorro ließ seinen Blick über die Büsche streifen. Es war nichts Ungewöhnliches zu erkennen. Er sah keine Bewegung, nichts, was nicht in das Bild passte. Zorro entschloss sich weiterzugehen. Wie gern hätte er jetzt etwas in der Hand gehabt, mit dem er sich, wenn nötig, hätte wehren können. Einen Stock oder besser noch eine Keule. Irgendetwas, damit er sich stärker fühlen würde. Eilig sah er zu Boden. Aber da lag nichts, das ihm genützt hätte.

Dann sah er wieder auf die Büsche. Es rührte sich noch immer nichts. Langsam ging Zorro weiter. Sein Blick eilte umher, auf der Suche nach einer unnatürlichen Bewegung. Vielleicht würde er eine Schuhspitze sehen oder ein Hosenbein? Zorro erreichte das Gebüsch und bückte sich ein wenig. Dann drückte er einige Zweige zur Seite und erstarrte. Da war etwas! Oder jemand? Zorro war es, als hätte er einen weißen Schuh unterhalb eines Busches gesehen. Zunächst wollte er sich instinktiv zurückziehen, doch nun war er wie versteinert. Hatte derjenige ihn bereits bemerkt? Konnte Zorro noch zurück? Was hatte er sich dabei nur gedacht? Jetzt stand er hier und nur wenige Meter von ihm entfernt, hinter einem der Büsche, lauerte jemand, der womöglich bewaffnet war. Jemand, der ihm auflauerte. Warum auch immer.

Doch dann kam ihm ein anderer Gedanke. Was, wenn er sich das alles nur einbildete? Vielleicht lag da nur ein Schuh? Ja, jemand hatte da einfach einen Schuh verloren. Für einen Moment war es Zorro danach, laut aufzulachen. Da lag wahrscheinlich ein einsamer Schuh hinter einem Busch und er stand hier und fürchtete sich wie ein kleines Kind. Langsam, ganz langsam beugte Zorro sich wieder vor. Wenn der Schuh noch immer dort stehen würde, dann wäre er sich sicher, dass ihn nur jemand verloren hatte. Dann würde er weitergehen und … Zorro erstarrte erneut. Hatte er ein Telefon gehört? Einen Klingelton? Irgendein Geräusch war da gewesen, da war er sich ganz sicher. Aber es konnte auch vorne vom Platz gekommen sein. Wenn er es bedachte, hatte sich das Geräusch nicht wirklich nah angehört. Mit neuem Mut beugte Zorro sich wieder vor und dann sah er es: Der Schuh war weg.

Bevor Zorro den Gedanken aber verarbeiten konnte, klingelte auf einmal sein Handy. Eilig fasste Zorro in seine Hosentasche und zog es hervor. Er sah auf das Display. Die Nummer kannte er nicht. Er drückte den Anrufer weg, steckte das Handy in seine Jackentasche zurück und machte einen Schritt rückwärts. Erneut ließ er seinen Blick über die Büsche schweifen. Nun bemerkte er, wie sich sein Herzschlag beschleunigte. Am liebsten hätte er sich umgedreht und wäre weggelaufen. Doch er durfte den Blick nicht von den Büschen nehmen. Vielleicht war der Angreifer nur einen Busch weiter gekrochen. Jeden Moment könnte er hinter dem Rhododendron hervorgesprungen kommen und ihn zu Boden reißen.

Wieder klingelte sein Handy. Zunächst wollte Zorro den Anruf ignorieren, aber dann zog er es doch wieder aus der Tasche. Ohne auf die Nummer zu schauen, drückte er den grünen Punkt auf dem Display.

„Ja?“, zischte Zorro atemlos in das Telefon.

„Herr von Frangenberg?“, kam es vom anderen Ende.

„Ja, wer ist da?“, fragte Zorro unwirsch.

„Einstein, Herr Einstein, der Sekretär ...“

„Ja, ja, ich weiß“, unterbrach ihn Zorro kurz angebunden.

„Störe ich?“, fragte Herr Einstein höflich, wobei Zorro die Verwunderung in der Stimme nicht entging.

Natürlich störte Herr Einstein gerade und für eine Sekunde wollte Zorro Herrn Einstein bitten, später wieder anzurufen, aber seine Neugier war stärker. Vorsichtig machte er einen weiteren Schritt zurück. Dann sagte er, ohne seinen Blick von den Büschen zu nehmen: „Nein, nein, das passt schon. Haben Sie etwas vom Grafen gehört?“

„Deshalb rufe ich an“, erklärte Herr Einstein. „Der Graf lässt Ihnen mitteilen, dass es ihm eine Ehre wäre, Sie, Ihre Schwester, Ihren Onkel und Ihre Freunde im Chalet begrüßen zu können.“

„Begrüßen?“, fragte Zorro, der in diesem Moment nicht wusste, ob er sich freuen oder ängstlich sein sollte.

Herr Einstein hüstelte gekünstelt und erwiderte dann in einem amüsierten Tonfall: „Das sagt man so. Der Graf kann bei Ihrer Ankunft leider nicht persönlich zugegen sein. Wichtige Geschäfte zwingen ihn nach Paris. Er bedauert dies außerordentlich.“

„Klar, kein Problem“, meinte Zorro, noch immer das Gebüsch fixierend. Er machte einen weiteren Schritt zurück und spürte, dass er auf eine Wurzel getreten war.

„Wegen der Anreise würden wir Ihnen gerne einen Vorschlag machen“, hörte Zorro Herrn Einstein durch das Telefon.

„Einen Vorschlag?“, fragte Zorro skeptisch.

„Ja, wie ich schon bei unserem Treffen zum Ausdruck gebracht habe, bedauert der Graf die Missverständnisse der Vergangenheit“, erklärte Herr Einstein.

Zorro trat derweil einen weiteren Schritt zurück und dachte einen Moment über das Wort „Missverständnisse“ nach. Es waren keine Missverständnisse gewesen. Der Graf hatte versucht, sie zu bestehlen.

„Und?“, fragte Zorro und streckte dabei den rechten Arm aus, um die Fensterscheibe des Gebäudes zu ertasten.

„Der Graf möchte Ihnen die Ehre zuteil werden lassen, Ihnen, als seinen Gästen, seinen Privatjet zur Verfügung zu stellen“, setzte Herr Einstein fort.

Seinen Privatjet?, dachte Zorro. Für den Bruchteil einer Sekunde huschte ein Lächeln über sein Gesicht. „Wunderbar“, antwortete er, und dann wusste er nicht weiter. Wann sollten sie fliegen? Gleich morgen – war das überhaupt möglich? Stand ihnen der Jet so bald zur Verfügung?

Doch bevor Zorro etwas sagen konnte, nahm Herr Einstein ihm die Entscheidung ab: „Es wäre gut, wenn Sie so bald wie möglich in die Schweiz reisen könnten“, meinte er. „Der Graf benötigt den Jet in zwei Tagen für eine kurze Geschäftsreise."

„Okay, aber wie kommen wir dann wieder aus der Schweiz zurück?", wollte Zorro wissen.

„Oh, das ist kein Problem. Der Graf wird den Jet selbstverständlich wieder zu Ihnen schicken und Sie alle abholen lassen."

„Also morgen?", hakte Zorro nach und stützte sich dabei an die Hauswand, ohne aber den Blick von den Büschen zu nehmen.

„Wenn es Ihnen möglich wäre?"

„Ich werde das mit meinen Freunden besprechen und Ihnen Bescheid geben", sagte Zorro.

„Aber es bleibt dabei, Sie werden den Grafen treffen? Sie kommen hier zu uns auf das Schloss?", fragte Herr Einstein nachdrücklich.

„Ja, das werde ich machen", bestätigte Zorro mit fester Stimme.

„Gut, ich erwarte dann Ihren Anruf", beendete Herr Einstein das Gespräch und legte nach einer weiteren Sekunde auf.

Im selben Moment spürte Zorro eine Hand auf seiner Schulter.

5. Verfolgung des Fremden

Mann, hast du mich erschreckt", sagte Zorro zu Backe, der ihn verwundert ansah.

„Ist doch nichts passiert", erwiderte der. „Wir sind ums ganze Haus herum, aber wir haben nichts entdeckt."

„Danke", sagte Zorro, dann bat er die beiden, mit ihm wieder in den Veranstaltungsraum zu gehen. Eine Viertelstunde später hatte Zorro seinen Freunden alles über das Gespräch mit Herrn Einstein berichtet. Backe hatte begeistert aufgejauchzt, als er von dem Privatjet gehörte hatte, und auch Lilly hatte anerkennend gepfiffen.

„Okay, schon morgen. Das wird knapp", sagte Montag. „Aber gut. Dann lasst uns schnell nach Hause gehen, damit wir unsere Eltern von der Reise überzeugen können."

„Kann mein Vater deinen Onkel anrufen, falls er noch Fragen hat?", fragte Lilly Zorro, als sie hinter dem Tresen hervorgekommen war.

„Klar", sagte Zorro, dem erst jetzt aufgefallen war, dass er Onkel Ludwig ebenfalls noch Bescheid geben musste.

Die vier verabschiedeten sich, nachdem sie beschlossen hatten, später am Abend noch einmal miteinander zu sprechen.

Onkel Ludwig war zwar ebenso überrascht gewesen, dass es nun so schnell gehen sollte, hatte aber zugesagt. Tessi hingegen schien sich einfach nur zu freuen und hatte sofort damit begonnen, Kleidung zusammenzusuchen. Zorro war in sein Zimmer zurückgekehrt und hatte sich an seinen Schreibtisch gesetzt. Er hatte erneut das Handy hervorgezogen und Herrn Einstein angerufen. Dieser hatte daraufhin mit Zorro vereinbart, den Privatjet des Grafen zum Sportflughafen in Bad Trekelsingen zu schicken. Dort würde der Jet um zehn Uhr auf die Gruppe warten.

Nun stand Zorro vor seinem Kleiderschrank mit einer Sporttasche in der Hand und stöberte in seinen Klamotten. Was sollte er nur mitnehmen? Er hatte keine Ahnung. Lustlos holte er ein paar T-Shirts, Strümpfe, Unterhosen, einen Kapuzenpulli und zwei Jeans aus dem Schrank. Dann stellte er die Tasche am Boden ab und suchte noch zwei Paar Schuhe heraus. Er nahm außerdem ein weiteres Paar Turnschuhe und feste Lederschuhe mit. Vielleicht würde er dort ja Lust bekommen, ein wenig durch die Bergwelt zu laufen. Zorro musste bei dem Gedanken lächeln. MC Zorro in den Alpen. Zum Schluss legte er noch eine dickere Jacke auf die Tasche. Man konnte schließlich nie wissen, wie das Wetter dort oben sein würde. Er wusste aus der Schule, dass es auf Berggipfeln manchmal deutlich kühler sein könnte als im Tal. Zwar befand sich das Chalet nicht am Gipfel, aber immerhin in den Bergen.

Als er fertig war, stand er für einen Moment unschlüssig im Raum herum, bis ihm wieder einfiel, dass er seine drei Freunde noch anrufen musste. Eilig wählte er Lillys Nummer. Erst jetzt wurde ihm klar, dass er keinen Moment lang daran gedacht hatte, dass sie vielleicht nicht mitfliegen könnten. Es kam ihm vor wie eine halbe Ewigkeit, bis Lilly endlich ans Telefon ging.

„Hallo Zorro", sagte sie. „Es ist alles klar."

Zorro war erleichtert.

„Also, mein Vater will noch mit deinem Onkel sprechen, aber er hat grundsätzlich nichts dagegen. Vorausgesetzt dein Onkel ist dabei."

„Ist er", bestätigte Zorro.

„Ich habe auch schon von Backe gehört, dass alles geregelt ist. Hoffen wir, dass Montag auch mitdarf", sagte Lilly.

„Sehr gut, dann schlage ich vor, dass wir uns morgen früh um neun Uhr am Marktplatz treffen. Wir kommen mit dem Wagen meines Vaters", sagte Zorro. „Da passen wir alle rein."

Zorro und Lilly stimmten sich noch ab, was sie jeweils eingepackt hatten, und verabschiedeten sich dann bis zum nächsten Tag.

Es dauerte nicht lange, bis auch Montag per Nachricht ankündigte, dass er mitkommen würde. Es fiel Zorro schwer, seine Euphorie zu verbergen. Morgen würden sie zum Chalet und der Klinik fliegen und Tessi würde Dr. Jackson treffen, der ihr vielleicht wirklich helfen könnte. Und wenn es nur so weit käme, dass Tessi ein paar Schritte würde gehen können. Es wäre alles besser, als es nicht zu versuchen. Dann zögerte Zorro wieder für einen Moment. Sie würden nur drei oder vier Tage dort bleiben können. Die Therapie von Dr. Jackson würde aber bestimmt länger dauern. Zorro spürte einen Schwall Enttäuschung in sich aufsteigen, der aber schnell wieder verschwand. Sicherlich, ermahnte er sich selbst, er durfte nicht zu euphorisch sein. Aber wenn Dr. Jackson Tessi helfen könnte, wären seine Eltern bestimmt bereit, für einen längeren Zeitraum in die Schweiz zu fahren. Es musste also darum gehen, das zu beweisen. Und Zorro war sich sicher, dass ihm das gelingen würde.

Ohne noch etwas zu essen oder zu trinken, legte Zorro sich ins Bett. Nach wenigen Minuten fiel er in einen tiefen, traumlosen Schlaf.

Als der Wecker am nächsten Morgen klingelte, stand Zorro schon geduscht und angezogen im Badezimmer. Mitten in der Nacht war er aufgewacht und hatte nicht mehr einschlafen können. Zu aufgeregt war er. Er fragte sich, wie es wohl Tessi gehen mochte. Hatte sie Angst oder war sie voller Vorfreude? Hatte sie überhaupt irgendwelche Erwartungen an ihre Reise? Zorro konnte es nicht einschätzen. Aber die Tatsache, dass sie der Reise zugestimmt hatte, war wohl ein Zeichen, dass sie wenigstens ein wenig Hoffnung hatte.

Zorro sah sich noch einmal in seinem Zimmer um. Nachdem er sich vergewissert hatte, dass er nichts

Wichtiges vergessen hatte, schloss er den Reißverschluss seiner Tasche und griff sich seine Baseballkappe. Er warf sich die Tasche über die Schulter, schaltete das Licht im Bad aus und verließ sein Zimmer. Als er auf der Galerie stand, warf er einen Blick über das Geländer nach unten in die Halle. Dort warteten schon Tessi und Onkel Ludwig.

Zorros Onkel sah aus wie ein englischer Landedelmann. Er trug ein braunes Tweedjackett mit Lederflicken an den Ellenbogen und darunter einen grünen Wollpullover sowie ein weißes Hemd. Auf seinem Kopf prangte eine flache Kappe, ebenfalls aus Tweed. Seine Füße steckten in frisch glänzenden Lederschnürstiefeln. Neben sich hatte er eine alte Ledertasche stehen. Er passte damit zwar hervorragend in die Halle des Schlosses mit den Ritterrüstungen und den alten Ölgemälden, aber zu Onkel Ludwig passte das Outfit überhaupt nicht.

Onkel Ludwig bemerkte Zorros Zweifel, als dieser die große Freitreppe herunterschlenderte und ihn ausgiebig musterte. „Ja, deine Mutter meinte neulich, ich solle mir mal etwas Netteres anziehen“, sagte Onkel Ludwig und sah an sich herab.

Nun erkannte Zorro, dass Tessi grinste.

„Und da dachte sie sich, dass du aussehen sollest wie Prinz Charles?“, fragte Zorro spöttisch.

Onkel Ludwig zuckte mit den Schultern.

Mittlerweile hatte Zorro die beiden erreicht. Tessi trug unter ihrem Parka ebenfalls einen dicken Wollpullover und Jeans. Außerdem hatte sie ihre schweren Lederstiefel angezogen, die sie eigentlich nur im Winter nutzte.

„Leute, wir gehen nicht auf den Mount Everest“, sagte Zorro und sah an sich selbst herab. Er hatte sich nicht so dick eingepackt.

„Wenn ich du wäre, würde ich mir noch etwas Wärmeres mitnehmen“, riet Tessi und hob die linke Hand, in der sie ihr Handy hielt. Sie deutete auf den Wetterbericht, den sie gerade geöffnet hatte.

„Was? Nur 15 Grad?“, fragte Zorro. Das war tatsächlich weit kälter, als er gedacht hatte. Er stellte seine Tasche ab und lief die Freitreppe mit großen Schritten wieder hoch. In seinem Zimmer angekommen, holte er einen dicken Anorak aus dem Kleiderschrank. Dazu griff er sich seinen Schal und die Wollmütze, die seine Oma ihm gestrickt hatte. Er mochte sie zwar nicht und hatte sie noch nie getragen, aber dort oben in den Bergen würde ihn ja niemand sehen. Zumindest niemand, vor dem er sich nicht blamieren mochte. Er stopfte sich das Ganze unter den linken Arm und lief dann die Treppe wieder hinunter. Unten angekommen verstaute er alles in seiner Tasche.

„Gut, dann gehen wir“, sagte Onkel Ludwig. „Ich denke, dass wir den Landrover nehmen?“

„Aber natürlich“, sagte Zorro und grinste. „Prinz Charles muss doch standesgemäß unterwegs sein.“

Onkel Ludwig rollte mit den Augen, konnte sich aber ein Grinsen nicht verkneifen.

Tessi beugte sich vor und griff nach ihrer Reisetasche. Sie stellte sie auf ihren Schoß und sah dann hoch zu Onkel Ludwig und Zorro. „Würde jemand der Herren einer Dame helfen?", fragte sie und imitierte dabei den Tonfall einer Dame aus gutem Hause.

„Klar … Entschuldigen Sie bitte, mit Vergnügen, meine Liebe", antwortete Zorro gestelzt.

Tessi und er mussten lachen. Dann umschlossen seine Hände die Griffe von Tessis Rollstuhl und er schob sie in Richtung Tür. Onkel Ludwig ging vor und öffnete die schwere Holztür. Draußen wehte ein lauwarmer Wind. Tessi hielt ihre Mütze mit der linken Hand auf ihrem Kopf fest, während Onkel Ludwig und Zorro den Rollstuhl die breite Treppe hinuntertrugen. Es gab zwar auch eine Rampe für den Rollstuhl, aber die war ein paar Meter weiter links am Haus gebaut worden. Unten angekommen stellten die beiden Tessi ab.

Zorro steckte die Hände in die Hosentaschen – und da sah er ihn wieder: den Schatten. Er stand links neben der steinernen Säule an der Auffahrt auf der anderen Seite des schmiedeeisernen Tors. Dieses Mal war sich Zorro ganz sicher. Er versuchte, sich nicht zu bewegen. Vielleicht hatte der Schatten noch nicht bemerkt, dass Zorro ihn gesehen hatte? Doch dann huschte der Schatten davon. Er verschwand nach links ins Gebüsch. Zorro riss die Hände aus den Taschen und rannte auf das Tor zu.

„Was ist los?!", hörte er Tessi rufen, während er auf das Tor zueilte. Der Kies knirschte unter seinen Schritten und ließ ihn leicht rutschen. Dann erreichte Zorro das Tor. Hastig umschlossen seine Hände die Metallstäbe und mit einem beherzten Sprung wuchtete Zorro seinen Oberkörper auf den Zaun. Die kleinen Metallspitzen drückten sich schmerzhaft in seinen Bauch. Atemlos sah Zorro sich um. Aber er konnte niemanden im Gebüsch erkennen.

„Kommen Sie raus! Ich weiß, dass Sie da sind!", wollte Zorro schreien, aber sein Ruf war schwach und undeutlich. Er umgriff den oberen Rand des Tors und versuchte, sich ein Stück weiterzuziehen. Nun bohrten sich die Spitzen auch in seine Hände und taten ihm weh. Mit letzter Kraft gelang es ihm, seine Beine über das Tor zu schwingen. Zorro landete hart. Ein heftiger Schmerz schoss durch seine Beine und so humpelte er die ersten Schritte auf das Gebüsch zu.

Erneut vernahm Zorro einen Ruf von Tessi, aber er verstand nicht, was sie rief. Dann hörte er einen Motor aufheulen. Beherzt drückte Zorro einen Ast zur Seite und schlüpfte in das Gebüsch, das entlang des hohen Zauns wuchs, der das Schloss umgrenzte. Eilig ließ er seinen Blick umhereilen. Ein paar Meter weiter verwandelte sich das Gebüsch in einen kleinen Wald. Zorro ging darauf zu und drückte einige Äste zur Seite. Erneut sah er sich um.

Plötzlich erblickte er ihn. Ungefähr fünfzehn Meter weiter stand jemand. Zorro konnte nichts Genaues erkennen, aber deutlich sah er ein rotes Hosenbein und einen dunklen Haarschopf hinter einem Baum hervorlugen. Und dann sah Zorro noch etwas: Der- oder diejenige trug weiße Schuhe! Die Person war zwar zu weit weg, als dass Zorro die Schuhe genau hätte erkennen können, aber sie sahen aus der Distanz genauso aus wie der Schuh hinter dem Busch am Gemeindezentrum. Instinktiv hockte Zorro sich hin. Eilig sah er sich nach einem Busch um, der groß genug war, damit er sich dahinter verstecken konnte. Er entdeckte eine Heckenrose, die buschig wucherte. In der Hocke kroch er dahinter, verfing sich sogleich mit seinen Ärmeln in den Dornen und riss sich die Haut seines rechten Armes auf. Zorro unterdrückte einen Schmerzensschrei und zwang sich zur Konzentration.

Die Person stand noch immer hinter dem Baum versteckt. Kurz fragte Zorro sich, warum sie nicht weitergelaufen war. Doch dann fiel ihm auf, dass es hinter dem Baum kaum weitere Versteckmöglichkeiten gab. Die Person wollte also keinesfalls gesehen werden. Zorro rutschte ein wenig weiter nach links. So hoffte er, einen besseren Blick auf die Person zu bekommen. In der Tat konnte er nun ein wenig mehr sehen. Doch was er sah, verwunderte ihn. Die Person war in ein wallendes rotes Gewand gekleidet.

Plötzlich hörte Zorro ein Auto hupen. Das musste Onkel Ludwig sein. Sicherlich wartete er bereits ungeduldig auf ihn. Erst jetzt dachte er wieder an ihre Reise und das wartende Flugzeug am Sportflughafen von Bad

Trekelsingen. Kurz überlegte Zorro, sich vorsichtig zurückzuschleichen. Doch dann verwarf er den Gedanken. Diese Person da vorn war mit großer Wahrscheinlichkeit dieselbe, die ihm schon am Gemeindezentrum aufgelauert hatte. Und nun war sie zum Schloss gekommen und hatte ihn beobachtet. Er musste herausfinden, wer der- oder diejenige war. Doch wie sollte er das anstellen und woher konnte er wissen, dass die Person nicht bewaffnet war? Der letzte Gedanke war Zorro überhaupt erst jetzt gekommen. Vielleicht blieb ihm gar nichts anderes übrig, als sich zurückzuziehen? Zorro zögerte. Dann kam ihm eine Idee. Er nahm einen der großen Steine, von denen hier etliche auf dem Waldboden lagen. Er war gerade so groß, dass Zorro ihn noch gut werfen konnte. Für einen Moment wog er den Stein in seiner rechten Hand. Dann warf er ihn so weit er konnte in Richtung des Baumes, hinter dem sich die unbekannte Person versteckt hielt.

Zorro hatte Glück. Mit einem lauten „Klack" krachte der Stein gegen den Baum. Sofort sprang die Person hervor. Zorro erkannte, dass es ein Mann war, obwohl die Person lange dunkle Haare hatte und ein weites, purpurrotes Gewand und eine ebensolche Hose trug. Das Gesicht wirkte jung. Zorro schätzte, dass der Mann so um die zwanzig Jahre alt sein mochte. Um den Hals hatte er eine Kette mit einem großen Anhänger baumeln. Eine Waffe konnte Zorro aber nicht erkennen. Für den Bruchteil einer Sekunde schien der Mann wie eingefroren, doch dann rannte er plötzlich davon. Zorro überlegte nicht lang. Er sprang auf und hechtete der Person hinterher. Dieses Mal würde ihm der seltsame Fremde nicht entkommen!

Zorro stob durch das Gebüsch, ohne dabei auf das zu achten, was vor ihm auf dem Boden lag. Er wollte die Person kriegen. Der Mann rannte wie um sein Leben. Zwar rutschte er zweimal kurz auf dem am Boden liegenden Laub aus, aber jedes Mal fing er sich schnell wieder und hechtete weiter. Doch der Abstand zwischen Zorro und dem Mann wurde kleiner. Zorro mobilisierte all seine Kraft. Schon kam es ihm vor, als würde er den Stoff der purpurroten Hose gegen sein Bein schlagen spüren. Wenige Meter weiter trennte ihn nur noch eine Armlänge von dem Mann. Zorro nahm seine letzte Kraft zusammen und versuchte, noch ein wenig schneller zu werden. Dann packte er dem Mann in die Haare und riss daran. Mit einem Schrei fiel der Mann zu Boden. Zorro stürzte sich auf ihn, doch sein Schwung war noch so stark, dass er über den Mann hinwegwirbelte und erst einen Meter weiter zum Liegen kam. Das nutzte der Mann und hechtete wieder auf seine Füße. Gerade wollte er an Zorro vorbei, als der ihm ein Bein stellte. Der Mann kam ins Straucheln und fiel erneut. Nun war es Zorro, der sich eilig aufrappelte und das rechte Bein des Mannes ergriff. Dieser drehte sich auf den Rücken und versuchte sich freizustrampeln, aber Zorro hielt das Bein fest. Dann sah Zorro, wie der Mann mit seiner rechten Hand nach etwas auf dem Waldboden suchte. Wahrscheinlich nach einem Stock oder einem Stein, den er als Waffe nutzen konnte. Zorro warf sich auf den Mann, doch rutschte er dabei aus und fiel zur Seite. Dem Mann gelang es, sich unter Zorro wegzudrehen. Mit einem unerwartet großen Schwung rappelte sich der Mann auf und krabbelte auf allen Vieren zu einem Baumstamm, an dem er sich hochzog. Gerade, als er losrennen wollte, war auch Zorro wieder auf den Beinen und stürzte dem Mann erneut hinterher.

Zorro spürte, wie sein Herz raste und seine Lunge schmerzte. Er war am Ende seiner Kräfte. Seine Hose und sein Pulli waren vom Waldboden verdreckt. Auf seinem Gesicht lag ein Film von Erde und Schweiß. Zorro spuckte aus und setzte seine Hatz fort. Der junge Mann schien im Gegensatz zu ihm noch Kraftreserven zu haben. Doch genau in diesem Moment drehte der Mann seinen Kopf zur Seite und übersah einen vor ihm stehenden Baum. Mit Schwung lief der Mann gegen den Baum und wurde augenblicklich zurückgeworfen. Er stürzte, drehte sich aber im Sturz um die eigene Achse. So entwischte er Zorros Versuch, ihn am Gewand zu greifen. Zorro bemerkte, dass der Mann nun leicht benommen war und eine Platzwunde am Kopf hatte. Doch der Mann rappelte sich wieder auf und wollte nun in die entgegengesetzte Richtung wegrennen. Da bekam Zorro die Kette mit dem Amulett zu fassen. Eine Sekunde lang wollte der Mann Zorros Hand wegschlagen, entschloss sich dann aber zur Flucht. Doch Zorro ließ die

Kette nicht los. Mit einem leisen „Knacks“ riss die Kette. Ohne noch einmal zurückzuschauen, rannte der Mann, so schnell er konnte, davon.

Zorro blieb mit der abgerissenen Kette in der Hand stehen. Er bückte sich, stützte sich dabei auf den Knien ab und atmete flach. Erneut spuckte Zorro auf den Waldboden. Dann rieb er sich mit dem rechten Unterarm den Schweiß von der Stirn. Langsam richtete er sich wieder auf. Sein Brustkorb schmerzte fürchterlich. Schweiß lief ihm in die Augen. Erst jetzt bemerkte Zorro, wie verdreckt er wirklich war. So konnte er unmöglich zum Flughafen fahren. Er musste sich duschen und umziehen. Langsam staksend machte Zorro sich auf den Rückweg zum Schlosstor.

6. Der Flug in die Alpen

Gemächlich lenkte Onkel Ludwig den großen Wagen über die Landstraße in Richtung der Autobahn. Er hatte sich dann doch für den großen Bentley S1 Sport Saloon von Zorros Vater entschieden. Zorro hatte sich einen Moment gefragt, ob das mit Onkel Ludwigs Aufzug als englischer Landedelmann oder dem Platz, den der Wagen bot, zusammenhing. Es war wohl der Platz gewesen. Hier konnten sie alle sechs bequem sitzen und Tessis Rollstuhl sowie ihr Gepäck passten ohne Probleme in den geräumigen Kofferraum. Auf der weichen Rückbank sank man einige Zentimeter ein und das leichte Schaukeln der großen Limousine machte schläfrig.

Der Wagen war ein Geschenk von Zorros Mutter an seinen Vater gewesen. Der hatte eine Vorliebe für englische Autos – besonders für die von Bentley und Rolls-Royce. Zorro bevorzugte zwar schnelle Sportwagen, fand aber, dass das Innere des Bentleys mit seiner Mischung aus Leder, edlen Hölzern und chromfarbenen Armaturen bestens zu seinem Vater passte. Auch das gemächliche Tempo, mit dem sie nun auf die Autobahn einbogen, entsprach seinem Vater. Mit ausgestreckten Armen und den Blick gerade nach vorn gerichtet fuhr Onkel Ludwig den Wagen in Richtung Bad Trekelsingen.

Noch immer hielt Zorro die Kette mit dem Amulett, die er dem Fremden entrissen hatte, in der Hand. Nachdem er aus dem Gebüsch zurückgekehrt war, hatten Onkel Ludwig und Tessi ihn mit entsetzten Blicken empfangen. Schnell berichtete Zorro, was geschehen war, und sprintete dann ins Haus, um sich zu duschen. Nur fünfzehn Minuten später war er wieder zurück. Dann hatten sie gemeinsam Backe, Montag und Lilly abgeholt. Nun saß er auf der Rückbank zwischen seinen Freunden, während Tessi auf dem Beifahrersitz Platz genommen hatte.

Als Zorro seinen Freunden von der Begegnung mit dem Fremden erzählte, erschraken diese ebenfalls. Zweimal musste Zorro die Geschichte wiederholen. Dann fingen sie an, wild zu spekulieren, was der Fremde gewollt hatte. Warum war er vor Zorro weggelaufen und hatte nicht versucht, ihn zu überwältigen? Doch sie kamen zu keinem Ergebnis. Backe war schließlich der Meinung, dass es eventuell ein verrückter Fan gewesen sei, der Zorro sehen wollte. Doch Zorro glaubte das nicht. Der Fremde hatte zu seltsam ausgesehen. So als gehöre er einer bestimmten Gruppe an, einem Geheimbund oder so etwas Ähnlichem. Aber Zorro wusste nicht, was für ein Geheimbund das sein könnte und warum dieser sich für ihn interessieren sollte. Und wenn er es sich recht überlegte, war er sich nicht einmal sicher, ob der Fremde es wirklich auf ihn abgesehen hatte. Zorro beschlichen Zweifel, ob der weiße Schuh am Gemeindezentrum wirklich identisch war mit den Schuhen, die er an dem

Fremden gesehen hatte. Vielleicht bildete er sich das alles auch nur ein? Das war immerhin möglich.

Das größte Rätsel aber gab Zorro das Amulett in seiner Hand auf. Es war eine silberne Scheibe, ungefähr so groß wie ein Weihnachtsplätzchen. Das Silber war angelaufen und sehr dunkel. Zorro rieb über die Scheibe. Etwas war darin eingeritzt, aber es fiel ihm schwer, das Motiv genau zu erkennen. Zorro rieb erneut mit dem Daumen über die Scheibe. Langsam kamen weitere Details zum Vorschein. Er erkannte ein paar Linien. Einige liefen senkrecht nach oben, andere waagerecht darüber hinweg. Dann sah er ein Rechteck. Das Rechteck begrenzte die Linien. Es sieht aus wie ein Käfig, dachte Zorro. Eilig rieb er an den anderen Stellen über die Platte. Wieder fand er dasselbe vor. Es waren drei Rechtecke, durch die Quer- und Längslinien liefen. Wie bei Käfigen. Aber was mochten das für Käfige sein? Zorro reichte das Amulett an Montag weiter.

Ohne ein Wort zu sagen, griff der das Amulett und besah es sich. „Sieht aus wie ein Käfig", sagte Montag. „Genauer gesagt, wie drei Käfige."

Zorro nickte. Nun sah auch Lilly auf das Amulett.

„Hast du eine Ahnung, was das bedeutet?", fragte Tessi.

„Absolut nicht", antwortete Zorro.

„Kann ich mal sehen?", fragte Onkel Ludwig vom Fahrersitz aus und streckte seinen linken Arm nach hinten. Zorro reichte ihm das Amulett. Sein Onkel warf einen schnellen Blick darauf und schüttelte dann den Kopf. „Nein, das Symbol kenne ich auch nicht“, sagte er.

Bevor er es zurückgeben konnte, nahm Tessi ihm das Amulett aus der Hand und betrachtete es eingehend. Dann zog sie das Tablet aus ihrer Umhängetasche und schaltete es ein. Während das Tablet hochfuhr, ließ sie ihre Finger sanft über die Oberfläche des Amuletts gleiten. Dann begann Tessi, irgendetwas in das Tablet einzutippen. Währenddessen steuerte Onkel Ludwig den Wagen von der Autobahn auf die Landstraße, die nach Bad Trekelsingen führte.

Tessi wischte mit ihren Fingern über den Bildschirm. Immer wieder warf sie einen Blick auf die Silberscheibe in ihrer Hand und dann wieder auf das Tablet. Nach wenigen Minuten reichte sie Zorro das Amulett zurück und schüttelte den Kopf. „Ich kann im Netz auch nichts finden“, sagte sie mit bedauerndem Unterton.

Zorro nickte. Er war enttäuscht. Wenn man nicht einmal im Internet etwas darüber finden konnte, wo dann? Er beschloss, das Amulett nach ihrer Rückkehr seinem Vater zu zeigen. Vielleicht hatte der eine Idee oder kannte irgendeinen Historiker, der ihm helfen konnte. Zorro steckte es zurück in seine rechte Hosentasche.

Durch die Frontscheibe sah er das Ortseingangsschild von Bad Trekelsingen. Der kleine Sportflughafen lag etwas südlich. Normalerweise starteten hier kleine Sportmaschinen oder Flugzeuge, die Fallschirmspringer in die Luft brachten. Sein Onkel bog nach links ab und folgte der schmalen Straße. Nach wenigen Kilometern sahen sie den kleinen Turm mit dem Windsack, von dem aus der Flugverkehr geregelt wurde. Davor befand sich ein Parkplatz. Onkel Ludwig parkte den Wagen unweit des Turms vor einem kleinen, flachen Gebäude und stellte den Motor ab.

„Wir sind da“, sagte er und drehte sich zu den vier Freunden auf der Rückbank um.

„Bad Trekelsingen International Airport“, scherzte Backe und stieg aus.

Das flache Gebäude entpuppte sich als das Büro der Flughafenleitung. Onkel Ludwig ging zum Kofferraum und holte Tessis Rollstuhl heraus. Dann halfen er und Zorro Tessi in den Rollstuhl. Währenddessen holten die anderen ihre Taschen aus dem Kofferraum und warteten neben dem Wagen. Onkel Ludwig verabschiedete sich kurz, um im Büro nach der Maschine des Grafen von Döster-Waldberten zu fragen. Zorro, Tessi und ihre Freunde warteten derweil neben dem Wagen. Tessi hielt ihre Handtasche umklammert und blickte ruhig auf den Boden vor sich.

Zorro fragte sich, was wohl in ihr vorgehen mochte. Kurz überlegte er, sie noch einmal zu fragen, ob sie die Reise wirklich antreten wollte. Aber er entschied sich dagegen. Sie waren jetzt hier und die Maschine wartete vielleicht schon auf sie. Jetzt gab es kein Zurück mehr.

Zorro betrachtete den Turm genauer. Oben, hinter einer Glasscheibe, erkannte er zwei Männer mit Sonnenbrillen. Diese hielten ihre Blicke abwechselnd auf die asphaltierte Landebahn als auch auf den Himmel gerichtet. In der Ferne konnte Zorro ein Segelflugzeug erkennen, das sich im Landeanflug befand. Langsam kam es näher und Zorro beobachtete fasziniert, wie elegant das Flugzeug heranschwebte. Das Sonnenlicht wurde von der Scheibe des Cockpits reflektiert. Sanft legte sich das Flugzeug zur Seite und flog einen großen Kreis, bevor es zur Landung ansetzte.

„Gut, alles geklärt", sagte Onkel Ludwig und kam, einen Zettel wedelnd, auf sie zu. „Die Maschine steht drüben im Hangar. Laut der Dame im Büro wartet Herr Einstein bereits auf uns."

Zorro zuckte kurz zusammen. Damit hatte er nicht gerechnet. Herr Einstein hatte ihm nicht mitgeteilt, dass er sie auf dem Flug begleiten würde.

„Also, haben wir alles?", fragte Onkel Ludwig und sah in die Runde. Alle nickten. „Na, dann los."

Zorro schob Tessi, die sich seine Tasche auf den Schoß gelegt hatte. Sie gingen um das flache Gebäude herum bis zum Vorfeld. Von dort führte ein Weg um das südliche Ende der Startbahn und endete vor zwei großen Wellblechhallen, in denen mehrere einmotorige Maschinen sowie kleinere Jets standen. Onkel Ludwig stellte seine Tasche ab und zog den Zettel, den ihm die Dame im Büro gegeben hatte, aus der Jackentasche.

„Welche Maschine ist es denn?", fragte Backe ungeduldig. Sein Blick haftete dabei auf einem großen Privatjet am Ende der Halle. Das Flugzeug war ungefähr zehn

Meter lang und hatte am Heck zwei Düsentriebwerke. Die runden Fensterscheiben waren getönt und auf der Seite stand in großen Buchstaben „Sunland Airways".

„Das ist ein Bombardier Learjet", sagte Backe beeindruckt und drehte sich zu seinen Freunden um. „Es wäre echt cool, wenn wir damit fliegen würden."

Montag nickte eher beiläufig. Auch Lilly schien sich wenig Sorgen um den Flugzeugtyp zu machen.

„Es muss da vorn sein", sagte Onkel Ludwig und deutete auf die hintere Ecke der Halle. Sie konnten jedoch nicht sehen, was dort für ein Flugzeug stand.

„Also, gehen wir", sagte Montag und schwang sich seine Tasche auf den Rücken.

Sie gingen um die Flugzeuge herum und besahen sich die einzelnen Maschinen genau. Dabei las Backe ihnen die Typenbezeichnungen vor: „Hawker Beechcraft 800, Cessna Citation Mustang, Embraer Phenom 100 … was die wohl alle kosten?", fragte er.

Montag zuckte mit den Schultern.

Und dann sahen sie ihre Maschine. Augenblicklich fiel Backes Euphorie in sich zusammen. Vor ihnen stand eine alte zweimotorige Cessna. Der Lack war bereits matt und die dunkelblaue Farbe des Schriftzuges ausgeblichen. Hier und da hatte die Lackschicht Risse und die Fenster wirkten stark zerkratzt. Gerade wollte Backe seiner Enttäuschung Luft machen, als sie plötzlich Schritte hinter sich hörten.

„Wie schön, Sie haben uns gefunden", hörte Zorro die Stimme von Herrn Einstein.

Zorro drehte sich um. Herr Einstein war wie beim letzten Mal in einen etwas zu großen Anzug gekleidet, trug über dem weißen Hemd eine dunkle Krawatte und auf dem Kopf einen steifen, abgerundeten, schwarzen Hut, den Zorro schon einmal in einem englischen Film gesehen hatte.

Herr Einstein reichte Zorro die Hand und nickte mit einem freundlichen Lächeln. „Ich bin froh, dass es so schnell geklappt hat“, sagte er und nahm den Hut ab.

Auch Onkel Ludwig, Tessi und Zorros Freunde hatten sich umgedreht. Onkel Ludwig machte augenblicklich einen Schritt auf Herrn Einstein zu und reichte ihm die Hand. Die beiden grüßten sich höflich und wechselten ein paar Worte über die Kurzfristigkeit des Termins, und wie gut es war, dass Onkel Ludwig die Jungen und Mädchen begleiten konnte.

Zorro fand es seltsam, dass Onkel Ludwig und Herr Einstein sich so gut verstanden. Sollte sein Onkel nicht eigentlich skeptischer sein? Doch jetzt war nicht der Zeitpunkt, Onkel Ludwig darauf anzusprechen.

„Die Maschine ist gleich startklar“, sagte Herr Einstein, nachdem Onkel Ludwig und er ihr kleines Gespräch beendet hatten. „Wir müssen nur noch den Papierkram klären. Starterlaubnis, Anfrage am Flughafen in der Schweiz. Sie wissen schon. Wenn Sie möchten, dürfen Sie aber schon einsteigen.“ Damit deutete Herr Einstein auf die kleine Treppe, die zur Tür des Flugzeugs führte. Sie stand bereits offen.

„Ja, warum nicht?“, nickte Onkel Ludwig in die Runde. „Dann lasst uns einsteigen.“

„Wer hilft mit bei Tessi?“, fragte Montag.

Zorro gab Montag ein Zeichen und gemeinsam hoben sie den Rollstuhl die kurze Treppe hoch. Zorro musste sich bücken, um sich nicht den Kopf zu stoßen. Dann standen sie in der Kabine. Zorro ließ den Rollstuhl los und sah sich um. Es war nicht ganz das Innere eines Jets, wie er es sich vorgestellt hatte, aber dennoch beeindruckend. Es gab insgesamt acht Plätze in der Kabine. Dabei handelte es sich allerdings nicht um normale Flugzeugsitze, wie Zorro sie kannte, sondern um schwere, hellbraune Ledersessel. Auch waren sie nicht hintereinander angeordnet, sondern man saß sich gegenüber. Zwischen den Sesseln befanden sich kleine Holztischchen aus Mahagoni. Darauf standen Tischlampen und auf dem hintersten Tisch sogar ein Blumentopf mit einer Orchidee. Erst jetzt bemerkte Zorro den flauschigen Teppich am Boden. Doch was ihn am meisten beeindruckte, war die kleine Bar am Ende der Kabine. Dort standen Gläser und Flaschen mit verschiedenstem Inhalt. Dazu gab es einen Kühlschrank und sogar einen Fernseher. Doch all das konnte auch nicht darüber hinwegtäuschen, dass das Flugzeug schon älter war. Auf dem Teppich entdeckte Zorro einige Flecken und die Holztische waren zerkratzt. Der Spiegel hinter der Bar war sogar gesprungen und die Ledersessel hatten gleich mehrere Löcher. Warum kümmerte sich der Graf nicht um seinen Privatjet, wenn er sich schon einen leisten konnte? Oder war das vielleicht sogar ein Hinweis darauf, dass es dem Grafen finanziell nicht wirklich gut ging? Zorro zuckte mit den Schultern.

„Wo möchtest du sitzen?“, fragte er Tessi.

„Ich nehme gern den Sessel da hinten“, antwortete Tessi und deutete auf den letzten Sessel auf der linken Seite.

Zorro legte seinen rechten Arm um Tessis Schultern und schob den linken unter ihre Beine. Dann hob er seine Schwester aus dem Rollstuhl und brachte sie zu dem Sessel. Tessi schnallte sich gleich an, nachdem sie sich gesetzt hatte. Mittlerweile waren auch Backe, Lilly und Onkel Ludwig in das Flugzeug gestiegen.

Onkel Ludwig sah sich um und stieß einen Pfiff aus. „Alle Achtung“, sagte er und ließ seine Tasche auf den Boden sinken. „Das hatte ich auch noch nie.“

„In der Tat“, pflichtete Backe ihm bei.

Alle suchten sich einen Sessel und ließen sich nieder.

Wenig später betrat auch Herr Einstein das Flugzeug. „Gute Nachrichten: Wir haben alles zusammen“, sagte er und steckte sich ein Blatt Papier in das Jackett. Er lächelte kurz und öffnete dann die Cockpit-Tür.

Zorro konnte nichts Genaues erkennen. Er sah nur die beiden Piloten, die im Cockpit saßen und die Instrumente überprüften. Dann kam Herr Einstein wieder heraus. Erneut huschte ein kurzes Lächeln über sein Gesicht. Mit großen Schritten ging er zur Bar am Ende der Kabine.

„Darf ich euch etwas zu trinken anbieten?“, fragte er und sah in die Runde. Alle nickten. Herr Einstein bückte sich zum Kühlschrank hinunter und holte einige Limonadedosen hervor.

„Ich trink gern aus der Dose“, sagte Backe und streckte schon den Arm aus.

„Kommt nicht infrage, junger Mann“, sagte Herr Einstein und zwinkerte. „Das hier ist ein Privatjet, da werden wir natürlich alle aus Gläsern trinken.“

Zorro, Montag und Lilly lachten. Dann verteilte Herr Einstein die Getränke unter den Jugendlichen und reichte Onkel Ludwig ein Glas mit einer dunklen Flüssigkeit.

„Orangenlimonade für die Jugend und für uns eine Cola“, sagte Herr Einstein, lächelte und hob das Glas. „Also dann, auf einen guten Flug.“

Alle prosteten sich zu.

Eine halbe Stunde später befand sich das Flugzeug im Steigflug. Zorro stellte fest, dass man die thermischen Bewegungen der Luft in einem so kleinen Flugzeug viel mehr spürte als in einer großen Maschine. Als sie durch die Wolken flogen, wackelte und zitterte das Flugzeug deutlich, sodass Backe und Lilly sich an ihren Sitzen festhielten. Onkel Ludwig und Herr Einstein, die vorne saßen, waren ganz ruhig. Onkel Ludwig hatte die Augen geschlossen. Wahrscheinlich war er bereits eingeschlafen. Herr Einstein blickte konzentriert nach draußen. Hin und wieder bemerkte Zorro, wie er kurz in die Kabine blickte und sie alle der Reihe nach musterte. Dann wendete er sich wieder dem Fenster zu. Vielleicht wollte er nur sehen, ob noch jemand etwas brauchte, dachte Zorro und blickte nun seinerseits auf das weite, weißgraue Wolkenfeld, das wie ein gespenstischer Schleier an den runden Fenstern vorbeizog.

Dann wendete er seinen Blick wieder der Kabine zu. Montag und Tessi unterhielten sich angeregt, aber Zorro konnte wegen des Geräuschs der Propeller und der Klimaanlage nicht hören, worüber sie sprachen. Zorros Blick fiel auf Backe. Er sah seltsam aus. Seine Augen waren halb geschlossen und er atmete flach. Schon die ganze Zeit hatte Zorro das Gefühl gehabt, dass es Backe nicht gut ging. Er hatte wohl die meiste Angst auf diesem Flug. Doch jetzt sah es eher so aus, als wäre es Backe schlecht. Zorro langte mit dem Arm neben sich zu dem Sessel, in dem Lilly saß. Auch sie war ganz ruhig und hielt ihren Blick aus dem Fenster gerichtet. Zorro klopfte Lilly auf die Schulter. Sie drehte sich zu ihm und zog die Augenbrauen hoch. Ohne etwas zu sagen, deutete Zorro auf Backe. Nun machte sich auch auf Lillys Gesicht ein sorgenvoller Ausdruck breit. Sie löste ihren Sicherheitsgurt und drehte sich zu Zorro.

„Meinst du, dass es ihm schlecht geht!¿", rief sie gegen das Geräusch der Propeller an.

„Ich weiß es nicht!", rief Zorro zurück.

„Ich sehe nach!", sagte Lilly und drückte sich hoch. Doch als sie aufstehen wollte, versagten ihr die Beine und sie fiel in den Sessel zurück.

„Lilly!", rief Zorro und löste seinen Sicherheitsgurt, um nach seiner Freundin zu sehen. Doch als er sich an der

Armlehne des Sitzes neben ihm hochziehen wollte, merkte er, wie sich in seinem Kopf alles zu drehen begann. Der ganze Raum war plötzlich verschwommen, die Wände zogen sich wie gestrecktes Kaugummi und rollten sich dann auf. Die Menschen um ihn herum waren plötzlich lang und dünn und ihre Köpfe sahen seltsam verzerrt aus. Vorn, weit weg, hörte Zorro Montags Stimme. Sie rief seinen Namen. Aber Zorro konnte nicht mehr antworten. Es klang, als würde Montag in einem langen, dunklen Tunnel verschwinden. Zorro versuchte, sich an der Armlehne festzuhalten, aber seine Finger waren auf einmal butterweich. Er merkte, wie er zurückrutschte. Panik ergriff ihn. Es fühlte sich an, als hätte das Flugzeug schlagartig keinen Boden mehr, als würde er nach unten stürzen. Immer tiefer und tiefer und tiefer. Zorro wusste nicht, was mit ihm passierte. Er versuchte angestrengt, sich ins Bewusstsein zurückzuholen. Er reckte seine Arme nach vorn und hoffte auf Halt. Aber da war nichts als Leere. Die Geräusche um ihn herum verstummten. Er hatte keine Ahnung mehr, wo er war. Lichter tanzten vor seinen Augen, Farben vermischten sich, drehten sich ein wie Schneckenhäuser und verschwanden in einem grellen, konturlosen Weiß. Dann wurde abrupt alles schwarz.

7. Im Schneefeld

Zuerst spürte Zorro den Schmerz – und dann die Kälte. Ein eisiger Wind zog über ihn hinweg. Er mühte sich, seine Augen aufzuschlagen. Es strengte ihn an. Mehr, als er gedacht hatte. Waren sie schon in der Schweiz? Erst jetzt bemerkte Zorro, dass er auf dem Boden lag. In der Mitte des Kabinengangs. Er befand sich nicht mehr neben seinem Sessel, sondern am Ende des Flugzeugs. Direkt vor der hölzernen Bar, aus der Herr Einstein die Getränke geholt hatte. Wann war das gewesen? Zorro wusste es nicht mehr. Vor einer Stunde, vor zwei Stunden, vor einem Tag? Er hob seinen Kopf. Ganz langsam, denn der Schmerz pochte zwischen seinen Schläfen. Was war passiert? Er sammelte seine Kraft und mühte sich, seinen Oberkörper aufzurichten. Jetzt sah er, woher der kalte Wind kam. Die Flugzeugtür stand offen.

Zorro zog die Beine an und sah sich, so gut es ging, um. Er erkannte Backe, der von seinem Sitz gerutscht, aber immer noch angeschnallt war. Er röchelte und schnarchte. Dann ergriff Zorro Panik. Tessi, wo war Tessi? Unbeholfen langte sein linker Arm nach oben an den Rand der Bar. Er suchte Halt, dann fing er an, sich hochzuziehen. Langsam, ganz langsam. Das Pochen in seinem Kopf wurde stärker. Zorro ließ den Kopf hängen und versuchte ruhig zu atmen. Ihm war übel. Er wollte sich nicht übergeben. Nicht jetzt und hier. Er musste sich zusammenreißen. Irgendetwas stimmte nicht.

Nun blickte Zorro zu dem Sitz, auf dem Tessi gesessen hatte. Und zum Glück auch noch saß. Sie war ebenfalls noch angeschnallt. Ihr Kopf war zur Seite gefallen und lag auf ihrer Schulter. Es sah aus, als würde sie friedlich schlafen. Auch Montag saß schlafend in seinem Sitz. Erst jetzt nahm Zorro Lilly wahr, die weiter vorn in der Kabine auf dem Boden lag. Auch sie war, wie er, herumgeschleudert worden.

Herumgeschleudert? Das Wort kreiste in Zorros Kopf. Und nun erreichte der Gedanke ihn zum ersten Mal. Waren sie etwa abgestürzt? Zorro spürte das Adrenalin in sich aufsteigen. Plötzlich spannten sich seine Muskeln an, sein Geist fokussierte sich, sein Atem wurde regelmäßiger. Er musste sich konzentrieren. Zorro begann, sich mit den Fingern über die Schläfen zu reiben. Das Pochen nahm ab. Er schloss seine Augen und öffnete sie wieder. Noch immer verspürte er eine leichte Übelkeit, aber es wurde besser. Zorro ergriff die Sessellehne vor sich und machte einen Schritt nach vorn. Er stand wieder sicherer. Langsam, Schritt für Schritt ging er nach vorn durch die Kabine. Als er bei Lilly angekommen war, kniete er sich hin. Vorsichtig fasste er sie an den Schultern. Dann drehte er sie behutsam auf den Rücken. Lilly atmete. Zorro war erleichtert. Ihre Augen waren halb offen und er sah, dass die Pupillen nach oben gedreht waren. Vorsichtig schob Zorro den linken Arm unter ihren Nacken und den rechten unter ihre Kniekehlen. Bitte verlasst mich jetzt nicht, dachte er und blickte auf seine Beine. Dann nahm er seine Kraft zusammen und richtete sich erneut auf. Mit staksigen Schritten ging er zum nächsten freien Sessel und legte Lilly dort ab. Sie machte ein stöhnendes Geräusch, räusperte sich und schloss die Augen ganz.

Schon wollte Zorro ihr einen guten Schlaf wünschen, als er es bemerkte. Der Sessel, in den Zorro Lilly gelegt hatte, war der Sessel von Onkel Ludwig gewesen. Und Onkel Ludwig saß nicht darin. Schnell, ohne auf seine Übelkeit zu achten, drehte Zorro sich um die eigene Achse. Auch Herr Einstein war verschwunden. Zorro drehte sich ein weiteres Mal und sah nach hinten durch die Kabine. Vielleicht gab es da noch einen Raum? Er eilte den Gang hinunter. Links von der Bar gab es eine Tür. Zorro öffnete sie. Tatsächlich befand sich dahinter ein kleiner Raum. Es war wohl eine Art Küche. Gerade groß genug, dass ein Mensch darin stehen konnte. Zorro erkannte eine Kaffeemaschine, einen Wasserkocher und ein paar silberne Schränke, die mit seltsamen Schnappschlössern verschlossen waren, um nicht während des Fluges aufzugehen. Doch weiter fand er nichts. Er schloss die Tür und entdeckte rechts der kleinen Bar eine zweite schmale Tür. Doch dahinter verbarg sich nur die Toilette. Keine Spur von Onkel Ludwig und Herrn Einstein.

Zorro wandte sich wieder dem Gang zu und eilte nach vorn. Dort stieß er die Cockpit-Tür auf. Das Cockpit war leer. Zorro ließ seinen Blick kurz über die

Instrumente kreisen. Alles war abgeschaltet. Nur zwei kleine Leuchtdioden blinkten, aber er konnte nicht ausmachen, worum es sich dabei handelte. Es schien aber nichts kaputt zu sein. Während er in der Cockpit-Tür stand, spürte Zorro erneut einen eiskalten Lufthauch. Er zog seinen Kopf zurück und schloss die Cockpit-Tür. Dann wandte er sich der Außentür zu. Er zog seinen Pulli zu und stülpte sich die Kapuze über. Dann sah er nach draußen. Und erschrak. Was er sah, übertraf seine schlimmsten Erwartungen. Das Flugzeug lag auf einem gigantischen Eisfeld. Deutlich konnte Zorro die Spuren erkennen, die das Flugzeug bei seiner Landung in Schnee und Eis hinterlassen hatte. Die Schneise im Schnee war mehrere hundert Meter lang. Ein gutes Stück hinter dem Flugzeug konnte Zorro etwas Schwarzes erkennen. Als er genauer hinsah, wurde ihm klar, dass es das Fahrwerk samt Rädern war. Es war offensichtlich bei der Landung abgerissen worden. Und dann fiel Zorro der Propeller des linken Flügels auf. Die Propellerflügel waren komplett verbogen. Ein Flügel war sogar ganz abgerissen. Ansonsten schienen die Flügel unbeschädigt.

Zorro machte einen Schritt nach draußen. Augenblicklich pfiff ihm der kalte Wind durch die Kleidung. Er fühlte sich, als wäre er nackt. Wie kalt mochte der Wind sein? Null Grad, oder waren es schon Minusgrade? Zorro vergrub seine Hände tief in den Taschen und machte zwei Schritte durch den Schnee. Er kniff seine Augen zusammen, um besser sehen zu können. Schemenhaft konnte er die Berge erkennen, die sich rings um das Eisfeld in den Himmel erhoben. Graue Riesen, auf deren Spitzen sich grellweiße Schneefelder ausbreiteten. Dahinter stand die Sonne als fahle Lichtscheibe, verdeckt von einer dichten Wolkendecke, die nur wenige Strahlen hindurchließ. Alles wirkte, als wäre es von einem weißen, eisigen Schleier bedeckt. Gab es überhaupt etwas Lebendiges hier oben?

Zorro besann sich wieder auf die Situation, in der sie sich befanden. Sein Blick suchte die Schneefläche nach Fußspuren ab, aber er konnte nichts entdecken. Es wunderte ihn nicht. Der Wind wirbelte den Schnee so herum, dass jede Spur innerhalb von Minuten nicht mehr zu sehen war. Doch etwas ließ ihm keine Ruhe. Warum hatte Onkel Ludwig sie zurückgelassen? Waren die Erwachsenen schon losgezogen, um Hilfe zu holen? Und was war überhaupt passiert? Die Gedanken begannen, sich in Zorros Kopf zu drehen.

Als er merkte, dass er zitterte, ging er zum Flugzeug zurück. Er betrachtete die Tür. Sie schien nicht beschädigt zu sein. Sie war also nicht bei der Landung aufgesprungen, sondern jemand hatte sie bewusst geöffnet. Zorro besah sich die Anweisungen auf der Innenseite der Tür. Dort befand sich ein großer Hebel. Zorro zog von innen an der Tür. Sie war schwer. Schwerer, als er vermutet hatte. Mit ganzer Kraft zog er, bis die Tür geschlossen war. Dann griff er den Hebel und legte ihn herum. Er hörte, wie die Tür verriegelt wurde. Augenblicklich stoppte der eiskalte Luftzug. Zorro lehnte sich von innen gegen die Tür. Kurz überlegte er, ob es womöglich ein Fehler gewesen war, die Tür zu schließen. Was, wenn Onkel Ludwig und Herr Einstein oder die Piloten zurückkämen. Würde er sie hören? Doch dann machte sich Erleichterung breit. Sie würden ja mit Rettern kommen und diese konnten sich bestimmt bemerkbar machen.

Als Zorro sich gerade wieder aufrichtete, bemerkte er, dass Backe zu sich gekommen war. Backe rieb sich die Augen, gähnte und sah sich unsicher um. Zorro ging zu ihm und setzte sich auf den Stuhl ihm gegenüber.

„Was ist los?“, fragte Backe und sah Zorro besorgt an.

„Genau weiß ich das nicht“, antwortete Zorro. „Aber wir haben wohl eine Notlandung gemacht.“

„Eine Notlandung?“, wiederholte Backe zweifelnd.

„Das Flugzeug ist auf einem Gletscher oder einem Schneefeld gelandet“, erklärte Zorro. Es überraschte ihn, mit welchem Gleichmut er das sagte.

„Wir sind abgestürzt?“, fragte Backe entsetzt.

Zorro überlegte kurz und sagte dann: „Eher notgelandet.“

„Kommt doch auf dasselbe raus“, entgegnete Backe.

„Nicht ganz. Wir leben noch“, sagte Zorro.

Backe drehte sich um und sah aus dem Fenster. „Ach du meine Güte“, entfuhr es ihm. „Da ist ja nur Weiß!“

„Wie gesagt, ein Gletscher oder Schneefeld oder sowas“, sagte Zorro. „Willst du was trinken?“

Backe starrte Zorro für einen Moment an. „Wie kannst du so gleichgültig sein?“

„Ich bin nicht gleichgültig“, sagte Zorro. „Aber ich glaube, dass Onkel Ludwig und Herr Einstein sowie die Piloten bereits Hilfe holen.“

Backe sah Zorro mit einem seltsamen Gesichtsausdruck an.

„Was ist los?“, fragte Zorro.

„Wo sind wir?“, hörten die beiden Jungen auf einmal Montag fragen.

Auch Lilly kam langsam zu sich und massierte sich die Schläfen. Sie stöhnte und öffnete die Augen einen Spalt breit.

„Hast du dir das Cockpit schon angesehen?“, fragte Backe.

Zorro nickte.

„Und? Ist alles zerstört?“

„Nein“, sagte Zorro. „Überhaupt nicht. Warum?“

Backe machte eine wegwischende Handbewegung und erhob sich aus seinem Sessel, wobei er leicht schwankte. „Mann, was war das?“, brummelte er und ging dann langsam in Richtung des Cockpits.

Zorro ließ ihn an sich vorbeigehen und sah verunsichert auf seinen Freund. Was hatte Backe vor?

„Okay, was ist passiert?“, fragte Montag ungeduldig.

Zorro wandte sich seinem Freund zu. Auch Lilly kam zu ihnen. Sie rieb sich noch immer die Schläfen. Zorro war es, als würde sie leise weinen. Er legte ihr seine

Hand auf die Schulter. Lilly ließ es geschehen. Dann erzählte Zorro, was er bisher herausgefunden hatte.

Als er geendet hatte, sah Montag mit ernster Miene zu Boden. „Das ist doch alles total seltsam“, sagte er schließlich und sah in die Runde.

„Das ist es“, seufzte Lilly, die sich langsam wieder gefangen hatte. „Ich verstehe nicht, warum die Erwachsenen uns alleingelassen haben?“

Dieser Gedanke war Zorro bisher nicht gekommen. Es stimmte. Warum waren alle Erwachsenen gegangen? Er konnte ja verstehen, dass die Piloten und auch Herr Einstein sich auf die Suche nach Hilfe gemacht hatten. Schließlich waren die Piloten für solche Situationen geschult. Herr Einstein musste sie vielleicht begleiten, als Vertreter des Flugzeugeigners. Aber warum war Onkel Ludwig mitgegangen? Das machte wahrlich keinen Sinn. Warum hatte er nicht wenigstens versucht, sie zu wecken und ihnen vorher mitgeteilt, dass er sie allein lassen würde? Nicht mal eine schriftliche Nachricht hatte er ihnen dagelassen. Zorro beschlich ein unangenehmer Verdacht. Er stand auf und ging in Richtung des Cockpits.

„Was machst du?“, hörte er Montag hinter sich fragen.

Doch Zorro drehte sich nicht um. Als er die Cockpit-Tür erreichte, riss er sie unsanft auf.

Backe, der auf dem Pilotensitz saß, fuhr erschrocken herum. „Was soll das?“, fragte er.

„Was ist mit den Geräten?“, fragte Zorro.

Backe war technikbegeistert. Das hatte Zorro schon damals im Studio gemerkt, als er mit Montag den Song für den Hip-Hop-Wettbewerb aufgenommen hatte. Nun saß Backe hier, blickte auf die hundert oder mehr Knöpfe, Schalter und Regler. Er nickte, als wüsste er, wofür jeder Knopf da war.

„Nichts, absolut nichts“, sagte Backe, ohne Zorro dabei anzusehen.

„Was heißt nichts?“

„Das heißt, dass alle Geräte einwandfrei funktionieren. Es scheint nichts defekt zu sein.“

„Wir können also das Funkgerät benutzen?“, fragte Zorro.

„Ja, können wir“, sagte Backe verstört, seinen Blick noch immer auf die Armaturen gerichtet.

Und nun dämmerte es Zorro. Wenn sie das Funkgerät benutzen konnten, dann hätten die Piloten das auch gekonnt und Hilfe herbeirufen können. Warum aber waren sie stattdessen verschwunden? Und warum hatten sie sie zurückgelassen? Zorro spürte, wie sein Mut schwand.

Wenig später saßen sie alle zusammen im Heck der Maschine. Auch Tessi war inzwischen aufgewacht. Lilly hatte in der kleinen Küche eine Schublade voller Sandwiches entdeckt und einen winzigen Kühlschrank mit Wasserflaschen. Zudem hatten sie Tüten mit Nüssen und Chips sowie einige Schokoriegel gefunden.

„Können wir das Funkgerät benutzen?“, fragte Lilly und biss in ihr Sandwich.

„Ich denke schon“, sagte Backe, der seine Ration schon gegessen hatte. „Ich bin zwar kein Experte, aber ich glaube, dass ich das Gerät zum Laufen bringen kann.“

„Das ist gut, unsere Handys funktionieren hier nämlich nicht“, sagte Zorro.

„Aber wissen wir, wen wir anfunken müssen?“, fragte Tessi.

„Ich hoffe, dass ich im Cockpit einen Hinweis auf mögliche Frequenzen finde“, antwortete Backe.

„Ich habe gehört, dass es bei solchen Funkgeräten eine Nottaste gibt. Die muss man nur drücken und dann sendet das Gerät automatisch ein Notsignal an die entsprechenden Stationen“, ergänzte Montag.

„Dann sollten wir das gleich nach dem Essen probieren“, erwiderte Zorro.

„Wie sieht es eigentlich mit der Heizung aus?“, fragte Lilly. „Ich habe das Gefühl, dass es minütlich kälter hier drin wird.“

Die anderen vier nickten. Sie hatten auch schon bemerkt, wie die Kälte ihnen in die Knochen zog. Draußen wirbelte der Wind den Schnee herum, und obwohl das Flugzeug luftdicht verschlossen war, kam es ihnen vor, als würde der Wind durch kleine Ritzen ins Flugzeug pusten.

„Ich habe ein paar Decken gefunden“, sagte Montag und deutete auf eine der Gepäckablagen über den Sesseln. „Dort sind Kissen und drei Wolldecken. Vielleicht finden wir noch mehr."

„Weiß jemand, wie die Heizung bei einem solchen Flugzeug funktioniert?", fragte Zorro.

„Naja, ich weiß es nicht sicher, aber ich denke, dass man den Motor einschalten muss", sagte Backe und sah in Richtung des Cockpits. „Ich glaube, die großen Verkehrsmaschinen produzieren ihren Strom mit einer Art Generator. Vielleicht ist das hier auch so?"

„Also müssen wir sehen, ob wir die Maschine irgendwie eingeschaltet bekommen", schlussfolgerte Montag.

„Vielleicht haben wir aber auch eine Batterie?", fragte Lilly.

„Ja, aber die brauchen wir für das Funkgerät", sagte Backe. Alle nickten.

„Gut", sagte Zorro. „Also, Backe, du kümmerst dich gleich um das Funkgerät und versuchst Hilfe zu holen. Lilly und ich suchen nach weiteren Decken und sehen mal, was wir noch an Vorräten finden, und Montag und Tessi probieren, ob wir mit Tessis Tablet ins Internet kommen."

„Hier oben?", fragte Montag skeptisch.

„Wir müssen es versuchen", beharrte Zorro.

Alle blieben für einen Moment still sitzen.

Dann brach Tessi das Schweigen mit dem Gedanken, den sie wohl alle schon gehabt hatten: „Was ist, wenn wir niemanden erreichen und Onkel Ludwig und die anderen nicht zurückkommen?"

Zunächst mochte keiner etwas sagen.

Zorro war es, der als Erster die richtigen Worte fand: „Dann müssen wir uns etwas einfallen lassen, wie wir hier wegkommen."

Alle wussten, dass das kaum möglich war.

8. Eine schreckliche Erkenntnis

Nachdem Zorro mit Lilly den Bestand an Nahrungsmitteln überprüft hatte, betrat er wieder das Cockpit. Lilly und er hatten noch zwei weitere Vorratsschränke gefunden. Insgesamt hatten sie nun fast dreißig Sandwiches, ungezählte Tüten mit Chips und Nüssen, fünfzehn Wasserflaschen, dazu noch Cola- und Limonade-Dosen und zwei Pakete Toastbrot sowie eine Schüssel mit Orangen und Bananen. Wenn sie mit den Nahrungsmitteln sparsam umgehen würden, sollten diese für zwei bis drei Tage reichen.

Backe saß wieder auf dem Sitz des Piloten und drehte mit der einen Hand an einem kleinen Knopf am Funkgerät. In der anderen hielt er das Mikrofon. Es rauschte und piepste. Dann und wann meinte Zorro Stimmen zu hören, die von weit weg kamen, aber sofort wieder in dem Rauschen verklangen.

„Hier spricht Delta, Echo, Yankee, Four, Seven", sagte Backe in das Mikrofon und wartetet einen Moment. Dann wiederholte er: „Hier spricht Delta, Echo, Yankee, Four, Seven – bitte melden."

„Du kannst das Pilotenalphabet", stellte Zorro anerkennend fest und setzte sich auf den Sitz des Kopiloten.

„Ja, hab ich mal zum Spaß gelernt“, sagte Backe konzentriert. „Ich wollte früher Pilot werden.“ Erneut sprach er den Code in das Mikrofon und wartete ab. „Leider haben wir keine Nottaste“, erklärte er. „Dieses Funkgerät sendet keine automatischen Hilfssignale aus. Und eine Blackbox hat diese Maschine natürlich auch nicht.“

„Blackbox?“, fragte Zorro.

„Ja, das ist ein Gerät, das nach dem Absturz eines Flugzeugs automatisch Signale aussendet, damit das Wrack geortet werden kann.“

Zorro verstand. Er hatte schon davon gehört. „Gut, dann sehe ich mal, ob ich das mit der Heizung herausfinde.“ Zorro sah sich im Cockpit um. Natürlich war es nicht vergleichbar mit den Cockpits von großen Verkehrsmaschinen. Aber es waren immer noch genügend Knöpfe und Schalter, um Zorro einzuschüchtern. Zudem waren die meisten nur mit Abkürzungen und Symbolen versehen, die er nicht kannte. Außerdem gab es diverse Zeiger und kleine Bildschirme. „So eine Art Gebrauchsanweisung gibt es hier nicht, oder?“, fragte Zorro.

Backe schüttelte den Kopf.

Zorro ging die Knöpfe und Schalter einen nach dem anderen durch. Dann fand er einen Schalter, der zumindest aussah, als könnte er mit der Heizung oder Klimaanlage zu tun haben. Er legte den Schalter um. Tatsächlich hörte er auf einmal ein Summen. Dann schien es ihm, als würde von irgendwoher warme Luft strömen.

„Jetzt läuft das aber über die Batterie", sagte Backe kurz. „Lass mich eben den Motor einschalten."

„Du weißt, wie das geht?", fragte Zorro überrascht.

Backe zuckte mit den Schultern und antwortete: „Ich habe so eine Ahnung. Kannst du eben die Gashebel zurückziehen?"

Zorro sah auf die Stelle, auf die Backe gezeigt hatte. Dort war ein halbrundes Gehäuse, das zwischen ihren Sitzen aufragte. In dem Gehäuse gab es zwei breite Schlitze, aus denen zwei Hebel ragten. Sie waren auf die mittlere Stellung geschoben. Zorro zog die beiden Hebel zurück.

Dann drückte Backe ein paar Knöpfe und zog zum Schluss an einem kleinen roten Hebel. Plötzlich hörten sie ein Röhren. Der Motor war an.

„Okay, also die Tankanzeige sagt, dass wir noch einen halb vollen Tank haben", stellte Backe fest. „Ich lasse den Motor jetzt so lange laufen, bis die Batterien aufgeladen sind. Dann müssen wir sehen, dass wir die Heizung nicht zu hoch einstellen."

Zorro nickte und stand auf. Er verließ das Cockpit und ging zurück zu den anderen. Montag und Tessi saßen noch immer konzentriert über Tessis Tablet gebeugt.

„Und, geht was?", fragte Zorro.

Montag schüttelte den Kopf.

„Wir bekommen keine Verbindung hergestellt", antwortete Tessi bedrückt. „Hier oben gibt es einfach keinen WLAN-Empfang."

Zorro war nicht überrascht. Er hatte nicht wirklich damit gerechnet, dass es klappen würde. Aber sie hatten es zumindest probiert. „Die Heizung läuft nun eine Weile“, sagte er und ging weiter zu Lilly, die noch in der kleinen Küche zu Gange war.

„Sieh mal, was ich gefunden habe“, sagte sie, als Zorro um die Ecke kam. Sie hielt ihm drei Aluminiumschalen hin.

„Was ist das?“

„Pasta mit Tomatensoße und einmal Gemüseauflauf. Das war im Tiefkühler. Somit können wir heute Abend sogar warm essen.“ Lilly strahlte.

„Sehr gut, das erweitert unsere Vorräte um einen Tag.“ Zorro war ein wenig erleichtert. So würden sie drei Tage überstehen. Nun musste es Backe nur gelingen, über das Funkgerät Hilfe herbeizurufen.

Montag tauchte in der Küche auf. An seinem Gesichtsausdruck sah Zorro sofort, dass etwas nicht stimmte.

„Ich habe nachgedacht“, sagte Montag und rieb sich dabei die Hände. „Wir haben noch gar nicht über den Flug gesprochen.“

Zorro verstand nicht, was Montag meinte.

„Na, über das, was während des Fluges passiert ist“, erklärte Montag.

Nun dämmerte es Zorro. Die Übelkeit und der Schwindel. Es stimmte, Zorro hatte bisher nicht daran gedacht.

„Wir sind alle gleichzeitig in Ohnmacht gefallen", sagte Montag. „Das ist doch kein Zufall, oder?"

„Meinst du, dass es etwas mit dem Druckabfall zu tun hatte?", fragte Zorro.

Montag schüttelte den Kopf.

„Also wurden wir vergiftet?", fragte Zorro, der sich nichts anderes mehr vorstellen konnte.

„Vergiftet – ja, kann man so sagen. Ich denke an die Limonade", sagte Montag.

Zorro erinnerte sich an den Moment, als Herr Einstein zur Bar gegangen war und ihnen Limonade gebracht hatte. Und nun fiel es ihm wie Schuppen von den Augen. Backe hatte gesagt, dass er seine Limonade auch aus der Dose trinken würde, aber Herr Einstein hatte darauf bestanden, dass sie alle aus Gläsern tranken. Natürlich, er hatte das alles geplant! Er hatte ihnen etwas in ihre Limonaden geschüttet. Damit es zu keiner Verwechslung kam, hatte Herr Einstein sich und – der Gedanke traf Zorro wie ein Schlag – Onkel Ludwig Cola eingeschenkt. Onkel Ludwig, fragte Zorro sich, hatte er etwa auch mit all dem zu tun?

„Was ist?", fragte Lilly, der Zorros Erschrecken nicht verborgen geblieben war.

Zorro wandte sich ab und ging zurück in die Kabine. Dort ließ er sich auf einen Sitz niedersinken. Er war Onkel Ludwig auf den Leim gegangen. Natürlich – jetzt passte alles. Onkel Ludwig steckte mit Herrn Einstein unter einer Decke!

„Lauf doch nicht einfach weg", sagte Lilly und nahm ihm gegenüber Platz. „Sag mir, was los ist!"

Auch Tessi drehte sich nun zu ihnen.

„Mir kam gerade ein schrecklicher Gedanke", sagte Zorro. Dann erzählte er seinen Freunden von seinem Verdacht. Am Ende sah Lilly betroffen zu Boden, während Tessi nach Worten rang.

„Das ist doch Quatsch", sagte Tessi schließlich. „Warum sollte Onkel Ludwig das tun?"

„Weil er auch hinter dem Schatz her ist", antwortete Zorro. „Schließlich hat Onkel Ludwig schon einmal Gemälde gestohlen."

„Ja, aber doch nur, um an die Juwelen von Johanna zu gelangen.[3] Juwelen, die rechtmäßig uns gehören", protestierte Tessi.

„Und wenn er nun auf den Geschmack gekommen ist?", fragte Zorro trotzig.

„Auf was für einen Geschmack? Was hat Onkel Ludwig davon, mit Herrn Einstein gemeinsame Sache zu machen?", fragte Tessi und beugte sich vor. „Was hat Herr Einstein, was Onkel Ludwig brauchen könnte?"

Zorro wusste es nicht. Aber er wurde den Verdacht nicht los, dass Onkel Ludwig nicht der war, der er zu sein vorgegeben hatte.

„Was, wenn Herr Einstein wirklich über weitere Informationen zu Johannas Schätzen verfügt?", fragte Zorro.

---

3 Siehe „Das weiße Z und die verschollenen Juwelen"

„Dann?“, fragte Tessi herausfordernd.

„Hätte er sich doch mit Onkel Ludwig zusammentun können. Wahrscheinlich sitzen die beiden jetzt in unserer Bibliothek und wälzen Johannas Hinterlassenschaften. Dann finden sie die fehlenden Hinweise und machen sich gemeinsam auf die Suche und später mit dem Schatz aus dem Staub“, sagte Zorro und schnaubte.

„Das glaubst du doch selbst nicht“, sagte Tessi.

Zorro wusste nicht mehr, was er glauben sollte. „Aber dann erkläre mir doch bitte, warum Herr Einstein Onkel Ludwig eine Cola gegeben hat und keine Limonade?“, fragte er Tessi.

„Das weiß ich nicht“, antwortete sie. „Aber ich finde es viel wahrscheinlicher, dass Herr Einstein Onkel Ludwig hier weghaben wollte. Fünf Jugendliche auf sich allein gestellt sind doch viel hilfloser, als wenn ein Erwachsener bei ihnen ist.“

„Aber warum hat Herr Einstein Onkel Ludwig dann nicht auch mit vergifteter Limonade betäubt, so wie uns?“

„Weil er ihn dann hätte tragen müssen“, erklärte Tessi. „Nehmen wir an, deine Vermutung stimmt. Man hat uns etwas in die Limonade gekippt, damit wir das Bewusstsein verlieren. Wir sollten nämlich von der Notlandung und der Flucht von Herrn Einstein und den Piloten nichts mitbekommen. Aber sie wollten, dass wir hier auf uns allein gestellt sind, damit wir nicht so einfach von hier wegkommen. Deshalb haben sie Onkel Ludwig auch mitgenommen. Hätten sie ihn ebenfalls betäubt, hätten sie doch warten müssen, bis er wieder aufwacht."

„Oder sie hätten ihn tragen müssen", warf Lilly ein.

„Genau", sagte Tessi. „Hätten sie gewartet, wäre die Gefahr zu groß gewesen, dass wir vor Onkel Ludwig aufwachen. Tragen scheidet bei den Verhältnissen da draußen natürlich ebenso aus. Also war es viel besser, Onkel Ludwig bei Bewusstsein zu lassen und nach der Notlandung zu überwältigen. Dann haben sie ihn gezwungen, mit ihnen zu kommen. Wo immer sie auch hingegangen sind", endete Tessi.

Lilly nickte.

Wenn er es genau bedachte, musste Zorro zugeben, dass Tessi recht haben könnte. „Wahrscheinlich liegst du richtig", sagte er und stand wieder auf.

In diesem Moment kam Backe aus dem Cockpit. Sein Blick war sorgenvoll.

„Nichts?", fragte Montag, der in der Tür zur Küche lehnte.

Backe schüttelte den Kopf. „Nein, ich komme nicht durch. Ich habe langsam den Verdacht, dass die genau geplant hatten, wo sie die Notlandung machen würden", sagte er.

Das war anzunehmen, dachte auch Zorro.

„Wir sind hier irgendwie in einem ganz blöden Winkel", fuhr Backe fort. „Nichts, was ich aussende, kommt irgendwo an. Ich höre zwar immer wieder andere Maschinen, aber ich erreiche sie nicht."

„Also ist es so. Man will, dass wir bleiben", sagte Tessi nachdenklich.

„Du meinst, man will, dass wir hier sterben", sagte Lilly sehr besorgt.

„Das wissen wir nicht", mischte Montag sich ein. „Vielleicht geht es nur darum, uns ein paar Tage kaltzustellen?"

Backe lachte auf. „Im wahrsten Sinne des Wortes kaltstellen."

„Aber was nützt das?", fragte Zorro. „Und wem?"

„Die ganze Geschichte hat noch einen großen Haken", sagte Montag.

Die anderen drehten sich zu ihm.

Er kam ganz aus der Küche heraus und lehnte sich an die hölzerne Bar. „Wie konnte all das hier geplant werden? Ich meine, woher konnte Herr Einstein wissen, dass du, Zorro, plötzlich die Klinik in der Schweiz entdecken würdest? Er konnte doch nicht ahnen, dass du ihn deshalb anrufen würdest."

Augenblicklich waren alle still. Nur das leise Summen der Klimaanlage war zu hören.

„Ich weiß nicht", sagte Lilly. „Aber …"

„Natürlich!", fiel Zorro ihr ins Wort und schlug sich mit der flachen Hand auf die Stirn. „Er konnte es wissen – nein, er hat es auf jeden Fall gewusst!" Er sprang auf und machte einen Gesichtsausdruck, als hätte er gerade alle Probleme der Menschheit gelöst.

„Was freut dich denn jetzt so?", fragte Backe verwundert.

„Ich habe Herrn Einstein am Set getroffen. Ihr erinnert euch doch noch daran, oder? Ich meine, bevor wir mit ihm in unsere Garderobe gegangen sind. Ich kannte ihn genauso wenig wie ihr. Aber jetzt fällt mir ein, dass ich ihn an jenem Tag schon einmal gesehen hatte. Es war ungefähr zwei Stunden, bevor wir die finale Szene mit meiner Flucht gedreht haben. Er stand bereits am Set herum und sah uns zu. In einer Drehpause gab ich dann einem Reporter vom „Dösterfelder Anzeiger" ein kleines Interview. Der Reporter nannte mir am Ende den Tag, an dem mein Interview in der Zeitung abgedruckt werden würde."

„Und?", fragte Backe.

„Herr Einstein stand dabei ganz in meiner Nähe. Jetzt erinnere ich mich wieder. Er hat uns zugehört. Später kam er dann zu mir und sprach mit mir über seinen behinderten Bruder. Dabei habe ich ihm auch davon erzählt, dass ich mir immer wünsche, Tessi helfen zu können."

Beim letzten Satz sah Zorro zu Tessi. Sie lächelte schwach.

„Er wusste, dass du die Zeitung an dem Tag auf jeden Fall lesen würdest. Du wolltest ja das Interview mit dir nicht verpassen. Und er wusste, wie sehr dir Tessi am Herzen liegt", fasste Lilly zusammen.

„Genau", sagte Zorro. „Er wusste also sehr wohl, wann ich die Zeitung lesen würde und dass mir eine Anzeige für eine solche Klinik auffallen würde!"

„Mit anderen Worten: Wir sind dem Grafen von Döster-Waldberten mal wieder auf den Leim gegangen?“, fragte Montag.

„Scheint so“, sagte Backe kopfschüttelnd. „Und nun sitzen wir hier in dieser verfrorenen Einöde und kommen nicht weg.“

„Ein Gutes hat es“, sagte Lilly. „Wir wissen jetzt jedenfalls, dass wir nicht mehr auf Hilfe warten müssen. Es wird keine kommen.“

„Was ist daran gut?“, entsetzte sich Backe.

„Dass wir keine Zeit verschwenden sollten, indem wir hier rumsitzen“, antwortete Lilly.

„Wir sollen also raus?“, fragte Montag.

„Ich habe zumindest nicht vor, hier zu warten, bis wir eingefroren sind wie Fischstäbchen“, sagte Lilly und stand auf.

„Aber wir haben keine Ahnung vom Bergsteigen und überhaupt … Sieh dir den Schnee an!“, sagte Montag.

„Ja, den sehe ich“, gab Lilly zurück. „Aber wenn wir hier warten, dann ist es doch nur eine Frage von Tagen, bis wir keine Vorräte mehr haben und die Heizung ausfällt. Und dann?“

Darauf hatte keiner eine Antwort.

„Draußen haben wir wenigstens eine Chance, Hilfe zu finden. Wer weiß, ob es in der Nähe eine Almhütte gibt.“

„Zu dieser Jahreszeit wird dort niemand mehr sein“, warf Backe skeptisch ein.

„Wieso, es ist Juni?“, sagte Tessi.

„Stimmt“, räumte Backe ein. Aber bei dem Schneetreiben vor dem Fenster konnte man das durchaus vergessen.

„Wir müssen es versuchen“, beharrte Lilly. „Ich denke außerdem, dass Herr Einstein und die Piloten sich einen Platz für die Notlandung ausgesucht haben, von dem aus sie gut ins Tal kommen würden. Oder könnt ihr euch vorstellen, dass Herr Einstein sich an einer Steilwand abseilt?“

Das konnte sich keiner vorstellen.

„Deshalb glaube ich, dass es einen Weg geben muss. Sicherlich ist dieser verschneit, aber ich denke, dass wir es schaffen können!“, sagte Lilly bestimmt.

„Und was machen wir mit Tessi?“, fragte Montag ruhig.

Augenblicklich war es still.

„Wir haben keine Ahnung, wo wir hier sind. Ich meine, wie hoch und in welchem Land und überhaupt“, fuhr Montag fort. „Es gibt hier keine Straße, auf der wir Tessi im Rollstuhl gemütlich den Berg hinunterschieben könnten. Selbst wenn wir nicht klettern müssen, ist der Schnee zu tief für einen Rollstuhl.“

„Ja, ist ja gut“, sagte Lilly genervt. „Daran habe ich für einen Moment nicht gedacht.“

Alle sahen betreten aneinander vorbei.

Schließlich sagte Backe: „Ich sehe mal wieder nach dem Funkgerät.“ Er stand auf und kehrte ins Cockpit zurück.

„Mann, es tut mir leid", sagte Lilly und sah in die Runde. „Ich wollte das nicht. Ich habe nicht daran gedacht, dass …"

„Ist doch kein Problem", sagte Tessi und lächelte.

„Doch, ist es!", protestierte Lilly. „Du gehörst zu uns und ich habe das gerade nicht bedacht."

„Du hast dir nur Gedanken darüber gemacht, was du als Nächstes tun würdest", tröstete Tessi.

„Aber nicht ohne dich", beharrte Lilly.

Tessi lehnte sich vor und ergriff Lillys Hand. „Ich weiß doch, dass du mich nicht absichtlich vergessen hast!"

Lilly war erleichtert. Augenblicklich kehrte das Lächeln auf ihr Gesicht zurück. „Hat jemand Hunger?", fragte sie und wandte sich der Küche zu. „Ich kann die Aluschalen mit den Nudeln vielleicht in der kleinen Mikrowelle aufwärmen."

Keiner antwortete, aber Lilly ging trotzdem in die Küche.

Als sie verschwunden war, sagte Tessi auf einmal: „Lasst mich doch hier im Flugzeug zurück. Ich komme doch wirklich nicht den Berg hinunter. Wenn ihr dann im Tal seid, schickt ihr eben Hilfe zu mir. Zwei oder drei Tage werde ich es schon alleine aushalten."

„Kommt überhaupt nicht infrage", widersprachen Zorro und Montag fast gleichzeitig.

„Das ist viel zu gefährlich", ergänzte Zorro. „Nein, wir sind das *Weiße Z!* Entweder wir gehen alle oder keiner geht."

„Da hat er recht“, rief Backe aus dem Cockpit.

„Entweder alle, oder keiner“, sagte nun auch Montag.

Tessi lächelte gequält. Zorro konnte sich nur zu gut vorstellen, was in ihr vorging. Wie er seine Schwester kannte, fühlte sie sich an allem schuld. Wegen ihr waren sie in das Flugzeug gestiegen und in diese Situation gekommen. Und nun war sie es, die ihren Rettungsversuch erschwerte. Zorro legte seiner Schwester die Hand auf die Schulter.

Da huschte auf einmal ein verschmitztes Lächeln über Montags Gesicht. „Ich hab da vielleicht schon eine Idee“, sagte er. „Es macht dir doch nichts aus, wenn ich deinen Rollstuhl ein wenig modifiziere?“

Tessi zog die Augenbrauen hoch und fragte: „Willst du Flügel dranschrauben?“

„Eine gute Idee“, amüsierte sich Montag. „Aber ich hab einen anderen Vorschlag.“

„Ich weiß zwar nicht, was du vorhast, aber wenn es hilft, immer gern“, seufzte Tessi.

Montag ging in die Ecke, wo Tessis Rollstuhl zusammengeklappt stand. „Hey Zorro, hilf mir mal!“, rief er.

9. Die Nacht im Flugzeug

Drei Stunden später waren Montag und Zorro fertig. „Sieht doch ganz ordentlich aus“, sagte Montag. „Noch nicht serienreif, aber es könnte funktionieren.“

Die beiden betrachteten ihre Arbeit. Sie hatten die Räder von Tessis Rollstuhl festgeklemmt und darunter zwei Stahlleisten montiert, die sie mithilfe von Montags Taschenmesser vom Boden des Flugzeugs abgeschraubt hatten. Befestigt waren die Leisten mit vier Sicherheitsgurten. Die Gurte hatten sie mit der kleinen Säge des Taschenmessers durchtrennt, sodass sie sie als Seile nutzen konnten. Einen weiteren Sicherheitsgurt hatte Montag so angebracht, dass Tessi sich damit im Rollstuhl anschnallen konnte.

„Und damit soll ich nun den Berg hinunterfahren?“, fragte Tessi skeptisch, als die beiden Jungen ihr das Ergebnis ihrer Tüftelei präsentierten.

„Nicht allein“, beruhigte Zorro.

„Aber mit den Kufen können wir dich auf dem Schnee schieben, und wenn wir dich tragen müssen, können wir die Kufen als Griffe nutzen“, erklärte Montag.

„Cooles Gefährt“, sagte Backe, der hinter ihnen erschienen war. „Könnte klappen.“

„Das wird klappen“, sagte Montag selbstsicher.

Nun strahlte auch Tessi.

„Aber wir machen uns erst morgen auf den Weg, okay?“, fragte Lilly aus der Küche. „Es wird bald dunkel werden.“

Eine halbe Stunde später saß Zorro in seinem Sessel und hielt sich den Bauch. Das Essen war zwar nicht besonders gewesen, aber nun waren sie wenigstens satt. Backe saß neben ihm und betrachtete die Dose Limonade in seiner Hand, Montag und Lilly räumten die Küche auf. Tessi las etwas auf ihrem Tablet. Zorro beschloss, noch einmal vor die Tür zu gehen.

„Warte, ich komme mit“, sagte Backe und erhob sich aus seinem Sessel.

Zorro legte den Hebel an der Tür um und stieß die Tür nach außen auf. Es ging ein wenig leichter als beim ersten Mal. Sofort spürten sie den eisigen Wind, der von draußen in das Flugzeug strömte. Schneeflocken wirbelten in kleinen, weißen Wölkchen herein.

„Macht die Tür zu, es ist kalt“, rief Lilly.

Zorro zog sich seine Kapuze über den Kopf und die Schultern hoch. Backe tat es ihm gleich. Dann gingen die beiden nach draußen und drückten die Tür so weit wie möglich zu. Augenblicklich versanken sie einige Zentimeter im Schnee. Schon wenige Sekunden später spürte Zorro, wie seine Füße feucht wurden. Mit einem Kopfnicken bedeutete er Backe, ihm zu folgen. Langsam gingen sie einige Schritte vom Flugzeug weg. Es war mühsam, durch den Schnee zu laufen, und Zorro wurde erst jetzt wirklich bewusst, auf was für ein Abenteuer sie sich einlassen wollten.

„Weißt du eigentlich, welche Jahreszeit wir haben?“, rief Backe von hinten.

„Sommer!“, antwortete Zorro, ohne sich umzudrehen.

„Stimmt!“, rief Backe. „Und dann herrschen hier oben solche Bedingungen. Wir müssen unheimlich hoch sein.“

Damit hatte Backe recht. Solche Bedingungen würden im Juni nicht auf 1000 Meter herrschen – auch nicht auf 2000 Meter. Sie mussten noch höher sein. Zorro zweifelte, ob ihr Plan, ins Tal zu laufen, gelingen konnte. Andererseits hatten Herr Einstein und die Piloten den Abstieg doch auch gewagt. Oder etwa nicht? Ein Verdacht beschlich Zorro. Was, wenn Herr Einstein und die Piloten gar nicht so weit weg waren? Vielleicht hatten sie nur das Flugzeug verlassen und sich irgendwo hier in die Berge zurückgezogen. Dort oben auf dem Grat, zu dem Zorro hinaufsah, konnte es eine Hütte geben. Zorro schauderte bei dem Gedanken daran, dass Herr Einstein mit seinen beiden Kumpanen jetzt dort saß und ihn und seine Freunde beobachtete. Würde Onkel Ludwig bei ihnen sitzen oder wäre er eingesperrt? Irgendwo in einem Schuppen neben der Hütte? Es war immerhin möglich, dass Herr Einstein nur besseres Wetter abwartete und sich dann mit einem Helikopter ins Tal fliegen ließ, während sie sich mit einem steilen Abstieg abmühen und es womöglich nicht schaffen würden. Wie groß waren überhaupt ihre Chancen, den Abstieg zu bewältigen? Wer von ihnen konnte bergsteigen? Zorro war irgendwann einmal in einem Ferienlager gewesen, in dem sie eine Bergwanderung gemacht hatten. Doch das war bestimmt drei oder vier Jahre her. Tessi schied ohnehin aus. Montag und Lilly traute er das schon zu, aber Backe war alles andere als sportlich. Für ihn war es schon Sport, wenn er im Schulgebäude die Treppe zum ersten Stock hinaufstieg. Eine Chance hatten sie nur, wenn sie einen leichten Weg fanden. Und danach sah es nicht aus. Aber Lilly hatte auch recht. Es gab keine Alternative. Das Funkgerät schien nicht zu funktionieren und ihr Essensvorrat reichte nur noch für zwei Tage. Danach würden sie frierend und hungernd in dem kleinen Flugzeug sitzen und hoffen, dass sie jemand finden würde. Auch das war keine attraktive Aussicht.

„Und, bist du fertig? Mir ist nämlich verdammt kalt", sagte Backe mit zitternder Stimme.

Zorro drehte sich zu seinem Freund um und nickte. Seine Fingerspitzen fühlten sich an, als wären sie vor Kälte abgestorben. „Gehen wir zurück", sagte er. Seine Schuhe waren mittlerweile völlig durchnässt.

Zurück im Flugzeug sagte Backe zu, den Generator für eine halbe Stunde einzuschalten, um die Heizung noch ein wenig laufen zu lassen. Dann wollte er den Generator abstellen und sie sollten sich aus Decken und Kissen ein Nachtlager bauen. Dort könnten sie sich gegenseitig warmhalten. Am nächsten Morgen wollte

Backe dann noch einmal versuchen, über Funk jemanden zu erreichen.

Zum Abendessen verteilte Lilly einige der Sandwiches und auch ein paar Tüten Chips. Zudem gab es zwei Dosen Limonade für jeden. Nachdem sie gegessen hatten, überlegten sie, wie sie das Nachtlager aufbauen konnten. Es war Montag, der bemerkte, dass man die Sitzkissen und Rückenlehnen der Sessel abbauen konnte. Daraus ließ sich ein ausreichend großes Matratzenlager für fünf Personen bauen. In einigen der Gepäckablagen über den Sitzen fanden sie weitere Decken. Nicht zuletzt hatten sie ja auch ihre Taschen mit warmen Kleidern. Nachdem sie sich alle in der kleinen Bordtoilette die Zähne geputzt hatten, zogen sie ihre Pullis über und krochen unter die Decken. Nur Backe wartete noch. Als sich alle eingemummelt hatten, ging er ins Cockpit und schaltete den Generator ab. Danach machte er das Licht aus. Nun würde es darauf ankommen, ob sich die Wärme im Flugzeug wenigstens so lange hielt, dass sie nicht erfrieren würden.

„Eigentlich ganz schön kuschelig", sagte Lilly, um die Stimmung ein wenig aufzulockern.

„Finde ich auch", pflichtete Tessi ihr bei.

„Sollen wir uns Gruselgeschichten erzählen?", fragte Montag und sah in die Runde.

Langsam gewöhnten sich ihre Augen an die Dunkelheit. Das fahle Mondlicht fiel durch die runden Scheiben in das Innere des Flugzeugs und tauchte alles in ein milchiges, kühles Licht.

„Nee, lass mal“, sagte Backe. „Die Sache ist gruselig genug.“

Zorro und Lilly pflichteten ihm bei.

„Wisst ihr, was ich mich frage?“, meldete sich Tessi.

Die anderen schüttelten die Köpfe.

„Ich frage mich, ob es diese Klinik überhaupt gibt.“

Zuerst wollte Zorro instinktiv widersprechen, aber dann zögerte er. Tessi hatte recht. Wenn schon die Anzeige für die Klinik nur geschaltet worden war, damit er sie sehen würde, war vielleicht auch die Klinik nur eine Erfindung. Es gab jedoch etwas, das dagegen sprach. Er hatte Dr. Jackson im Netz gefunden und er galt tatsächlich als Spezialist auf dem Gebiet der Lähmungen. Das war also nicht erfunden. Auch hatte Zorro gelesen, dass Dr. Jackson nur in dieser Klinik praktiziere. Das musste also auch stimmen.

„Nein, Tessi, ich glaube, dass es die Klinik gibt. Ich meine, ich weiß es. Was aber nicht stimmt, ist, dass die Klinik dem Grafen von Döster-Waldberten gehört.“ Zorro erzählte den anderen, was er im Netz herausgefunden hatte und warum er sich so sicher war. Es machte auf ihn den Anschein, dass Tessi danach erleichtert war. Waren sie auch in einer misslichen Lage, so gab es den Grund für ihre Reise dennoch. Sollten sie es schaffen, aus dieser Situation herauszukommen, könnten sie immer noch versuchen, zu Dr. Jackson zu gelangen.

„Was mich im Moment noch mehr interessieren würde, ist, wo wir uns ungefähr befinden. Auf welchem Berg“, sagte Montag und sah dabei nachdenklich aus einem der Fenster.

Zorro und Backe erzählten den anderen von ihrer Vermutung, dass sie auf einem ziemlich hohen Berg sein müssten.

„Stimmt", pflichtete Lilly bei. „Ein Berg, auf dem jetzt schon so viel Schnee liegt, der muss hoch sein."

„Welcher Berg kommt denn infrage?", wollte Backe wissen.

„Kennst du irgendwelche Berge auf dem Weg in die Schweiz oder in der Schweiz?", fragte Zorro.

„Na, das Matterhorn", sagte Backe und sah zu Zorro herüber.

„Ich glaube nicht, dass wir auf dem Matterhorn sind", sagte Zorro.

„Warum?", fragte Backe.

„Weil ich denke, dass es bei der Form des Matterhorns auffallen würde, wenn dort ein Flugzeug notlandet. Der Gipfel ist zu steil und es gibt – glaube ich – keine großen Schneefelder, auf denen man landen könnte", erläuterte Zorro. „Außerdem ist das Matterhorn ganz im Süden der Schweiz. Ein Teil des Berges befindet sich sogar schon auf italienischer Seite. So weit hätten wir gar nicht fliegen müssen."

„Das ist unser Problem", ergänzte Tessi. „Wir wissen ja noch nicht einmal, in welchem Land wir sind. Haben wir es überhaupt in die Schweiz geschafft oder sind wir schon vorher notgelandet?"

„Ich bin kein Luftfahrtexperte“, sagte Zorro, „aber ich halte es für wahrscheinlich, dass wir noch in Deutschland sind.“

„Wie kommst du darauf?“, mischte Montag sich ein.

Zorro überlegte einen Moment. Es war wirklich mehr so ein Gefühl gewesen. Er war sich nicht sicher, ob er es begründen konnte.

Doch dann sagte er: „Man muss so einen Flug ja anmelden. Ich meine überhaupt jeden Flug. Aber besonders Flüge über Grenzen. Wenn nun in der Schweiz ein Flug angemeldet wird und das Flugzeug überquert die Grenze und landet nicht am Zielort …“, Zorro hielt kurz inne.

„Du meinst, dann würden die entsprechenden Stellen in der Schweiz nach dem Flugzeug suchen?“, half Montag weiter.

„Ja, auf jeden Fall halte ich das für wahrscheinlich. Wenn das Flugzeug die Grenze jedoch nicht überquert …“

„Werden die Schweizer das Flugzeug auch nicht suchen“, ergänzte Backe nachdenklich.

„Zumindest sind sie dann nicht so unter Druck, die Maschine zu finden“, sagte Zorro. „Und die Deutsche Flugsicherung sucht auch nicht sofort, weil sie ja davon ausgeht, dass das Flugzeug in der Schweiz gelandet ist. Solange also niemand den Flug als vermisst meldet, dürfte der Plan von Herrn Einstein oder seinem Dienstherren funktionieren.“

„Da könntest du recht haben“, sagte Montag.

„Was uns zur nächsten Frage bringt: Was ist der Plan?

Warum lässt jemand ein Flugzeug notlanden, um vier Jugendliche verschwinden zu lassen?", fuhr Zorro fort.

„Das ist die Preisfrage", meinte Lilly ruhig.

„Die werden wir heute wohl nicht beantworten können", sagte Zorro. „Auf jeden Fall muss es einen guten Grund dafür geben. Der Graf oder Herr Einstein haben schließlich weder Kosten noch Mühen gescheut, um uns aus dem Verkehr zu ziehen."

„Den Grund gilt es herauszufinden", schloss Tessi und drehte sich dann mit einem langen Gähnen zur Seite.

Auch die anderen waren müde. Eine halbe Stunde später lagen alle zusammengerollt auf dem Matratzenlager und schliefen. Nur Zorro war noch wach. Er dachte darüber nach, was wohl der Grund sein konnte, dass man sie hier oben verschwinden lassen wollte. Es hätte doch so viel andere Möglichkeiten gegeben, sie aus dem Verkehr zu ziehen. Warum ein solcher Aufwand? Wieder dachte er über die Möglichkeit nach, dass Herr Einstein und die Piloten gar nicht weit von ihnen waren. Was würden sie tun, wenn Zorro, Tessi und ihre Freunde sich morgen auf den Weg machten? Würden sie sie nur beobachten oder sogar am Abstieg hindern?

Der letzte Gedanke, der Zorro durch den Kopf ging, galt dem Amulett. Je länger er darüber nachdachte, desto sicherer war er sich, dass alles, was in den letzten Tagen passiert war, Teil eines Plans gewesen war. Ein Plan, den er in seiner ganzen Größe noch immer nicht durschauen konnte. Dann schlief auch Zorro ein.

10. Die Flucht

Sie waren seit einer halben Stunde unterwegs. Der Wind war schwächer geworden und die dichte Wolkendecke hatte sich aufgelockert, sodass die Sonne hindurchkam und sie ein wenig wärmte. Dennoch hatten sie heute Morgen ihre wärmste Kleidung herausgeholt. Zorro hatte einen weiteren Pullover, seinen Anorak und die Mütze angezogen. Dann half er Tessi, eine zweite Strumpfhose, ihre Softshelljacke und eine Mütze anzuziehen. Zudem nahmen sie für Tessi zwei der Decken mit. Auch die anderen drei waren dick eingepackt.

Nach einem kurzen Frühstück, bei dem es noch einmal Sandwiches und heißen Tee gab, brachen sie auf. Sie konnten es kaum erwarten, aus dem Flugzeug herauszukommen. Der Innenraum der Maschine war in der Nacht so abgekühlt, dass sie alle am Morgen ihren Atem sehen konnten. Ihre Nasen waren rot vor Kälte. Zudem waren die Fenster beschlagen. Zorro war richtig erschrocken, wie kalt die Sitze und Armaturen im Cockpit sich anfühlten.

Backe versuchte ein letztes Mal, Hilfe zu holen, aber niemand reagierte auf ihren Funkspruch. Spätestens da war allen klar, dass sie sich auf den Weg machen mussten. Niemand sprach mehr davon, im Flugzeug auf Hilfe zu warten. Zudem machte das bessere Wetter ihnen

Hoffnung, den Abstieg zu schaffen – sofern es denn einen Weg gab. Sie wussten, dass sie nur diese eine Chance hatten. Und sie mussten dieses Wetterfenster nutzen. Dennoch kam es Zorro komisch vor, als er die Tür der kleinen Maschine zum letzten Mal schloss. Für einen kurzen Moment hatte er das Gefühl, vielleicht doch einen Fehler zu machen. Aber was war die Alternative? Gab es überhaupt eine?

Zorro und Montag bauten Tessis Rollstuhlschlitten auf und setzten Tessi hinein. Sie schnallte sich an und schaute skeptisch.

„Traust du uns etwa nicht?“, fragte Montag, doch Tessi zuckte nur mit den Schultern. Montag nahm die Griffe des Rollstuhls in die Hand und schob. Mit einem Ruck setzte sich der Rollstuhlschlitten in Bewegung und glitt über den Schnee. Es funktionierte. Nicht nur Zorro war darüber erleichtert. So konnten sie Tessi über das Schneefeld bekommen. Voller Elan schob Montag Tessi über die eisige Schneeschicht und zog große Kreise.

„Aber nicht zu schnell“, rief Tessi angespannt.

Zorro wusste, dass sie es hasste, sich in die Verantwortung von anderen zu begeben. Sie war zwar erleichtert gewesen, aber die Situation war ihr auch unangenehm gewesen.

„Wir passen auf“, hatte Zorro gesagt und seine Schwester angelächelt. „Versprochen.“

Tessi hatte genickte und ihre Hände im Schoß gefaltet. Sie fror sicherlich, trotz der warmen Kleidung. Sie würde zudem den ganzen Abstieg lang sitzen und sich nicht wie die anderen bewegen. Zorro wollte alles dafür tun, um Tessi warmzuhalten.

Backe, Lilly und Zorro trugen Rucksäcke. Lillys Rucksack enthielt die Vorräte. Backe hatte weitere Kleidung zum Wechseln eingepackt. Zorro war erleichtert, dass alle zumindest ein paar warme Sachen dabei hatten. Auch wenn keiner von ihnen über richtige Bergschuhe verfügte. Sie mussten also vorsichtig sein. Die ersten zweihundert Meter vom Flugzeug aus waren sie tief in den Schnee eingesunken. Doch je weiter sie sich von der Maschine entfernten, desto härter wurde der Schnee. Er war nicht frisch. Er lag hier bereits seit dem letzten Winter oder mindestens seit dem Frühjahr. Größtenteils war er vereist. Wahrscheinlich war lediglich der Schnee um das Flugzeug herum durch die Notlandung aufgewühlt worden. Deswegen wurde ihr Weg mit der Zeit immer weniger beschwerlich. Noch mehr Hoffnung machte ihnen aber das Wetter. Mittlerweile hatte sich der Nebel endgültig verzogen und nun sahen sie, dass das Schneefeld kleiner war als befürchtet.

„Es sind vielleicht noch hundert Meter", sagte Lilly.

„In die Tiefe!" fügte Backe an und seufzte.

„Na und? Besser als vierhundert Meter", antwortete Lilly.

„Ab da wird es felsig", merkte Backe an.

„Aber es sieht machbar aus", sagte Montag. „Zumindest von hier oben."

Niemand traute sich zu fragen, was sie mit Tessi machen würden, sobald sie den felsigen Teil erreicht hätten. Der Rollstuhl mit den Kufen würde ihnen von da an keine Hilfe mehr sein. Und niemand von ihnen war stark genug, Tessi alleine zu tragen. Geschweige denn Tessi und den Rollstuhl. Und was, wenn es dort steile Stellen gäbe, an denen man beide Hände zum Klettern brauchen würde? Zorro schob den Gedanken beiseite. Er wollte darüber nicht nachdenken. Zumindest noch nicht. Ihnen würde schon etwas einfallen.

Unterhalb der Felsen glaubte Zorro einen schmalen Pfad zu erkennen. Er sah aus wie ein normaler Wanderpfad. Das musste der Weg sein. Wenn sie erst einmal auf einem Wanderpfad wären, würden sie den Rest auch schaffen. Zorro fragte sich nur, wie lange sie wohl brauchen würden. Bestand eine Chance, es an einem Tag zu schaffen? Mit Tessi? Oder würden sie am Berg übernachten müssen? Und wenn ja, wo würden sie sich unterstellen können? Zorro merkte, dass ihn diese Gedanken belasteten, und verdrängte sie. Er musste zuversichtlich bleiben. Allein schon für Tessi.

„Also los!", sagte Zorro daher fröhlich. „Worauf warten wir?"

Schnelleren Schrittes gingen sie weiter. Auch wenn Zorro merkte, dass seine Schuhe schon ganz durchnässt waren, wollte er sich seinen Optimismus nicht nehmen lassen. Er atmete tief ein. Die frische, kühle Bergluft war angenehm. Zudem genoss er die wärmenden

Sonnenstrahlen. Er hatte die Augen ein wenig zugekniffen, da das Sonnenlicht von dem Schnee reflektiert wurde. Es blendete ihn. Er hatte schon davon gehört, dass Bergsteiger davon sogar erblinden konnten. Man nannte es Schneeblindheit. Deshalb trugen Bergsteiger immer dunkle, abgeschirmte Sonnenbrillen.

Hin und wieder hob Zorro den Blick und sah zum Himmel. Er beobachtete die weißen Quellwolken, die über sie hinwegzogen. Dahinter lag der unendliche blaue Himmel. Während Zorro über den vereisten Schnee stakste, hörte er das schmirgelnde Geräusch der selbst gebauten Kufen unter Tessis Rollstuhl hinter sich. Manchmal drehte er sich zu ihr um, und wenn er ihren Blick erhaschte, lächelte er. Tessis Gesichtsausdruck war wie versteinert. Zorro war sich sicher, dass auch sie an die Stelle mit den Felsen dachte. Wahrscheinlich fand sie die Vorstellung, im Flugzeug zu warten, angenehmer, als irgendwo am Fels zurückgelassen zu werden.

„Hat jemand von euch etwas geträumt?", fragte Lilly auf einmal in die Stille.

Alle schwiegen.

„Keiner hat etwas geträumt?", fragte Lilly noch einmal.

Montag und Zorro schüttelten die Köpfe.

„Was hast du denn geträumt?", fragte Backe.

„Von einer Hütte", antwortete Lilly. „Einer kleinen Berghütte. Es war dort warm und gemütlich und wir konnten uns aufwärmen. Es gab sogar einen Ofen, auf den Sitzbänken lagen Felle und unter der Decke hing geräucherter Schinken und …"

„Hör auf, ich bekomme Hunger", protestierte Backe.

Zorro und Montag lachten.

„Wer weiß", sagte Lilly. „Vielleicht war es ja kein Traum?"

„Du meinst, es war eine Prophezeiung?", fragte Zorro.

Lilly zuckte mit den Schultern.

Mittlerweile hatten sie die Felsen erreicht. Da hallte hinter ihnen plötzlich ein lauter Knall über den Berg. Alle zuckten zusammen. Eilig drehten sie sich um.

„Was war das?!", rief Backe, während er sich hinhockte.

„Keine Ahnung!", rief Montag.

Dann krachte ein weiterer Knall in die Stille.

„Das klingt wie Schüsse!", sagte Tessi und zog den Kopf ein.

„Sieht irgendjemand etwas?", fragte Montag.

„Nein, nichts!", antwortete Zorro.

Mittlerweile hatten sie sich alle geduckt. Backe und Lilly hatten sich flach auf den Boden gelegt, während Montag sich zu Tessi gehockt hatte und Zorro einige Meter abseits in die Knie gegangen war. Eilig suchte sein Blick die Bergwand hinter dem Schneefeld ab. Von irgendwo dort musste das Knallen gekommen sein. Aber von wo genau, war schwer zu ermitteln. Das Echo verwirrte das Gehör und machte es fast unmöglich, die Quelle von Geräuschen zu orten. Er war sich nicht einmal sicher, ob der Knall überhaupt von oben gekommen war.

Dann krachte es erneut. Und dieses Mal war Zorro sich sicher, dass das Geräusch vom Berg gekommen war. Doch was in der nächsten Zehntelsekunde passierte, ließ Zorro erschaudern. Er hörte das Geräusch splitternden Steins. Wie in Zeitlupe sah er, dass der Stein neben ihm zersprang. Ein Stückchen traf ihn an der Schläfe. Er warf sich zur Seite und verschränkte die Arme vor dem Gesicht.

„Da schießt jemand auf uns!", hörte er Backe schreien.

Zorro drehte sich um die eigene Achse und stieß sich dann mit den Armen vom Boden ab. Mit zwei Zickzacksprüngen war er bei Tessi. Die hatte sich geistesgegenwärtig bereits abgeschnallt. Zorro sah kurz zum Fels hinauf und richtete sich dann blitzschnell auf. Er umklammerte Tessis Oberkörper und riss sie aus dem Rollstuhl. Tessi und er stürzten zu Boden. Gerade noch rechtzeitig, bevor ein weiterer Schuss erschallte und nur wenige Meter von ihnen entfernt wieder ein Stein zersprang.

„Sind die wahnsinnig?!", schrie Backe und griff sich einen Stein, den er ungelenk in Richtung des Berges warf. Es war ein verzweifelter Versuch, sich zu wehren.

Zorro und Tessi lagen still am Boden. Tessi lag auf dem Rücken und hielt ihre Arme fest am Körper und ihren Blick in den Himmel gerichtet. Zorro spürte, dass sie zitterte. Er legte einen Arm um sie und suchte mit seinen Augen die Felswand am Ende des Schneefeldes ab. Irgendwo dort musste der Schütze sich versteckt haben. Doch in dem Grau des Felsens ließ sich nur schwer etwas entdecken. Zudem gab es unzählige Vorsprünge und Nischen, in denen der Schütze versteckt sein konnte.

„Was machen wir jetzt?", rief Montag.

„Keine Ahnung", blaffte Backe zurück. „Was schlägst du vor?"

„Wir können nichts tun, solange wir nicht wissen, von wo der Schütze schießt", sagte Montag.

Doch Lilly war anderer Meinung. Urplötzlich sprang sie auf und krabbelte so schnell sie konnte nach links. Dort, nur wenige Meter von ihr entfernt, lag ein großer Findling, der von weiteren großen Felsen umgeben war. Lilly rutschte ein wenig, schaffte es aber bis hinter den Stein. Sie legte den Rucksack ab und lehnte sich mit dem Rücken an den Felsen. Sie atmete zweimal durch. Dann zog sie ihre Jacke aus. Einen guten Meter unterhalb ihres Verstecks ragte ein knorriger Ast aus dem Schnee. Vermutlich stammte er von einer Latschenkiefer. Er war nicht groß, gerade mal dreißig oder vierzig Zentimeter lang. Lilly streckte sich nach dem Zweig und konnte ihn tatsächlich zu sich ziehen. Sie zog sich nun auch ihren Pullover aus und wickelte ihn um den Zweig. Dann nahm sie ihre Jacke und stülpte diese über den Pullover. Sie zupfte an der ganzen Konstruktion, bis sie zufrieden war. Dann drehte sie sich zu ihren Freunden um. Zorro sah sie fragend an.

„Ich zähle bis drei, und dann nimmst du Tessi und läufst zu mir!“, schrie sie aus ihrem Versteck.

Zorro hatte keine Ahnung, was seine Freundin vorhatte, aber er nickte. Eilig drehte er sich zur Seite und schob seinen rechten Arm unter Tessis Oberkörper. Den linken Arm legte er bereit, um ihn unter ihre Kniekehlen zu schieben. Dann hörte er, wie Lilly laut bis drei zählte. Alles geschah wie im Film. Lilly schob ihre Jacken-Stock-Konstruktion über den Felsen, hinter dem sie kauerte. Fast augenblicklich peitschte ein Schuss durch die Luft. In diesem Moment schob Zorro seinen Arm unter Tessis Beine, raffte sich so schnell er konnte auf und lief los. Er strauchelte und rutschte mit dem einen Fuß ein wenig weg, aber er schaffte es bis zu Lilly hinter den Felsen. Diese betrachtete gerade das Einschussloch in ihrer Jacke.

„Guter Schütze“, sagte sie trocken.

Zorro schluckte. „Woher wusstest du, dass das klappen würde?“, fragte er atemlos. „Was, wenn der Schütze gleich noch einmal auf uns geschossen hätte?“

„Zorro, vergiss nicht, ich bin die Tochter eines Polizisten“, sagte Lilly. „Ich kenne mich zwar nicht so gut mit Waffen aus, aber gut genug, um zu wissen, dass der Schütze ein Jagdgewehr benutzt. Er muss nach jedem Schuss nachladen.“

Zorro seufzte. Aber er war froh, dass Tessi hinter dem Felsen in Sicherheit war. Der Schütze konnte sie hier nicht treffen. „Und was machen wir jetzt?“, fragte er.

„Jetzt nehmen wir deine Jacke und machen denselben Trick noch einmal“, sagte Lilly. „Mal sehen, ob es klappt.“

Eilig zog Zorro seine Jacke aus und reichte sie Lilly. Die stülpte sie über ihren Pullover auf dem Stock und sah dann zu Montag und Backe hinüber. Die beiden kauerten noch immer auf dem Boden und hielten ihren Blick auf die Felswand gerichtet. Zorro zischte ihnen zu, und als Backe zu ihm herübersah, begann Lilly erneut bis drei zu zählen. Dann reckte sie ihren Arm nach oben. Augenblicklich sprangen Montag und Backe auf. Fast im selben Moment knallte der Schuss. Doch dieses Mal verfehlte der Schütze die Jacke und traf nur den Felsen. Als der nächste Schuss ertönte, hockten Montag und Backe bereits sicher bei ihren Freunden. Sie hatten es geschafft. Für den Moment.

Eine Weile blieben alle hocken. Sie mussten sich erst einmal beruhigen.

Dann kauerte Montag sich auf den Boden und lugte um den Fels herum. „Ich glaube, ich sehe sie!“, zischte er.

„Sie?“, fragte Tessi, die sich nun aufgerichtet hatte.

„Ja, es sind zwei Männer“, sagte Montag. „Sie sind etwa auf halber Höhe an der Felswand. Sie hocken auf einem Felsvorsprung.“

„Meinst du, dass es die Piloten sind?“, fragte Zorro.

„Könnte sein. Ich kann es nicht erkennen.“

„Was meinst du, wie lange sie brauchen, bis sie hier sind?“, fragte Zorro.

„Keine Ahnung – aber bestimmt eine Stunde. Sie müssten erst die Felswand herunterklettern und dann über das Schneefeld laufen“, erwiderte Montag.

„Gut, das gibt uns einen Vorsprung“, sagte Zorro.

„Aber wir haben auch ein Problem“, räumte Lilly ein und deutete auf den Rollstuhlschlitten, der immer noch einige Meter von ihnen entfernt auf dem offenen Schneefeld stand. „Den bekommen wir nicht wieder.“

Alle nickten.

Bevor Tessi aber etwas sagen konnte, tauchte Montag neben ihr auf. „Ich werde mal ein paar Meter weiter runterklettern. Ich glaube, ich habe etwas gesehen“, sagte er und drehte sich um. Dann krabbelte er auf allen Vieren ein Stückchen den Hang hinab, immer im Schutz der Felsen. Zweimal rutschte er dabei ein wenig und die anderen vier hielten gespannt den Atem an. Langsam verschwand Montag aus ihrem Blickfeld.

Zorro hörte das Geräusch von kleinen Steinchen, die herabrieselten. Zu spät dachte er daran, dass sie Montag gar nicht gefragt hatten, was er denn gesehen hatte. Zorro setzte sich auf und lehnte sich an den Felsen. Erst jetzt begann er sich zu beruhigen und ihm wurde klar, welche Angst er gerade gehabt hatte. Seine Sorge um Tessi war so groß gewesen, dass er seine eigene Furcht kaum bemerkt hatte. Doch nun spürte er, wie er am ganzen Körper zitterte. Auch Tessi bemerkte, dass es ihrem Bruder nicht gut ging. Beruhigend legte sie ihm eine Hand auf ein Bein. Zorro bemühte sich um ein Lächeln, doch es misslang. Er hatte Angst. Noch nie hatte er sich so bedroht gefühlt. Nicht damals, als die Entführer ihn durch den Wald verfolgt hatten, und auch nicht, als sie in der Höhle nach den Juwelen von Johanna gesucht hatten. Dieses Mal war er sich nicht sicher, ob sie es schaffen würden. Doch gleichzeitig war Zorro dankbar. Er war dankbar für Backe, Montag und Lilly. Erst jetzt wurde ihm vollends bewusst, wie sehr sie ihm in den letzten zwei Tagen geholfen hatten. Er war es schließlich gewesen, der sie in dieses Abenteuer gestürzt hatte, und sie hatten es ihm zu keinem Zeitpunkt übel genommen. Ohne ihn würden sie jetzt nicht hier an diesem Berg sitzen und um ihr Leben fürchten müssen.

Er richtete seinen Blick zum Himmel. Für einen kurzen Moment beobachtete er die Wolken, die über ihn hinwegglitten. Er sah das leuchtende Blau des Himmels darüber und die Sonnenstrahlen, die das Weiß der Wolken noch weißer machten. Für einen ganz kurzen Augenblick kam es Zorro so vor, als würde er nichts mehr hören, als wären die Gespräche seiner Freunde ganz weit weg. Als würde er hier nur liegen und die wunderschöne Natur genießen, ganz ohne Gefahr. Und dann spürte er sie wieder in sich aufsteigen. Diese Kraft, die er damals im Auto der Entführer zum ersten Mal gespürt hatte. Es war ein wohliges Gefühl, so als würde jemand einen schützenden Schleier über ihn legen. Darunter fühlte Zorro sich wie in einer sicheren Rüstung.

Er erinnerte sich daran, dass er in der Schlosskapelle in Dösterfelde ein altes Gesangbuch gefunden hatte. Darin gab es ein Lied. Es hieß „Ein feste Burg ist unser Gott“. Zorro hatte das Lied noch nie gehört, aber er mochte den Titel. Gott als Burg – das war ein beruhigendes Bild. Eine Burg, die einen schützend umgab. Erst jetzt spürte Zorro den Felsen in seinem Rücken wieder und es war, als wollte Gott ihm damit sagen: „Das ist nur ein Stein in meiner Mauer, die dich schützend umgibt.“ Es war wie damals im Auto der Entführer. Zorro spürte die Kraft, die ihm dieser Gedanke gab. Vielleicht waren seine Gedanken ein Gebet gewesen? Er konnte es nicht sicher sagen. Aber er wusste nun, dass er – dass sie alle – nicht alleine waren. Von irgendwo sah Gott auf sie herab und ließ sie wissen, dass er bei ihnen war. Augenblicklich setzte Zorro sich gerade hin. Tessi schreckte auf, aber er bedeutete ihr, dass alles in Ordnung war.

„Hey, wir sollten aufpassen, dass wir die Schützen nicht aus den Augen verlieren!“, sagte Backe.

„Stimmt“, pflichtete Lilly ihm bei. Sie drehte sich zur Seite und legte sich ganz flach auf den Bauch. Dann robbte sie vorsichtig zum Rand des großen Steinbrockens, hinter dem sie saßen. „Ich sehe sie nicht mehr!“, sagte Lilly nach einer Weile.

„Sicher?“, fragte Backe.

„Ja, klar. Die sind nicht mehr da.“

„Und nun?“, fragte Tessi.

„Das kann Verschiedenes heißen", sagte Zorro. „Entweder sie haben aufgegeben, oder aber sie haben sich auf den Weg zu uns gemacht."

Backe sah Zorro mit einer Mischung aus Furcht und Verzweiflung an.

„Wie Montag gesagt hat: Die brauchen mindestens eine Stunde, bis sie hier sind", beruhigte ihn Zorro. Er war sich nicht sicher, aber er merkte jetzt, dass er seine Zuversicht an seine Freunde weitergeben musste. Es war nun an ihm, sie aufzubauen. So wie sie ihn in den letzten zwei Tagen mit ihrer Hilfe aufgebaut hatten.

„Sollen wir jetzt hier sitzen bleiben?", fragte Backe.

„Nein, natürlich nicht", antwortete Zorro.

Doch bevor er noch etwas sagen konnte, rief Montag auf einmal von unter ihnen: „Hey, kommt her! Hier ist eine Hütte!"

Backe sprang augenblicklich auf und machte einen Satz nach vorn. Genau in diesem Moment peitschte erneut ein Schuss durch die Luft. Backe stürzte zu Boden. Lilly krabbelte eilig zurück und Zorro hechtete mit einem Satz zu Backe hinüber. Tausend Gedanken schossen ihm durch den Kopf. War Backe etwa getroffen worden? Hatten diese Verbrecher ihn angeschossen oder gar …

Backe lag da. Er rührte sich nicht. Seine Augen waren geschlossen. Zorro spürte Panik in sich aufsteigen. Eilig überflog sein Blick Backes Körper. Es war nirgendwo Blut zu sehen. Aber vielleicht war Backe am Rücken getroffen worden? Sollte Zorro ihn umdrehen? „Bitte, bitte nicht“, dachte Zorro. „Bitte lass ihm nichts passiert sein.“ Wenn Backe getroffen worden wäre, dann hätten sie verloren. Sie konnten ihn nicht transportieren und sie hatten nichts dabei, um ihn zu verarzten.

Erst jetzt kam Zorro der Gedanke zu prüfen, ob Backe noch atmete. Er beugte sich ein wenig vor und hielt sein Ohr über Backes Mund. Zorro versuchte, die Geräusche des Windes auszublenden. Und dann spürte er ihn – Backes Atem. Augenblicklich entspannte sich Zorro. Backe atmete noch. Er lebte also. Doch es war immer noch möglich, dass er getroffen worden war.

„Wo bleibt ihr denn?“, rief Montag nun wieder von unten.

„Warte!“, rief Zorro zurück, doch Montag war schon wieder zu ihnen zurückgekommen. Sein Gesicht tauchte hinter Backe auf.

„Was ist mit ihm?“, fragte Montag und griff Backes Hand.

„Ein Schuss“, sagte Zorro und ergriff fieberhaft Backes andere Hand. Er hatte in der Schule gerade erst einen Erste-Hilfe-Kurs gemacht. Aber nun war alles wie weggeblasen.

„Ich mach das!“, sagte Montag und krabbelte den letzten Meter hoch. Geschickt drehte er Backe auf die linke Seite, winkelte dessen rechtes Bein an, schob die rechte Hand unter Backes Kopf und zog diesen ein Stück weit in den Nacken.

„Stabile Seitenlage“, sagte Zorro. Das hatte er sich gemerkt.

„Ich sehe kein Blut“, sagte Montag.

Lilly und Tessi, die gespannt zu ihnen herübersahen, signalisierten sie, dass Backe nicht verwundet war.

In diesem Augenblick schlug Backe die Augen auf. „Was ist los?“, stammelte er.

„Alles gut“, beruhigte Zorro ihn. „Du hast dich wohl so erschreckt, dass du ohnmächtig geworden bist.“

„Da hat doch jemand auf mich geschossen“, sagte Backe beunruhigt.

„Aber nicht getroffen“, sagte Zorro und lächelte.

Langsam rappelte Backe sich auf. Gerade rechtzeitig, denn im nächsten Moment rief Lilly: „Sie kommen!“

11. Das Versteck

„Was⸮!“, schrien Zorro, Backe und Montag fast gleichzeitig.

Zorros erster Impuls war es, aufzuspringen und loszurennen, doch dann spürte er Tessis Hand auf seinem Arm. Sie sah ihn mit ernster Miene an.

„Wie weit sind sie entfernt⸮“, fragte Zorro.

„Kann ich nicht genau sagen“, erwiderte Lilly. „Aber sie sind offenbar schneller, als wir erwartet haben.“

Stimmt, dachte Zorro. Montags Einschätzung, dass die Unbekannten eine Stunde zu ihnen brauchen würden, war falsch gewesen.

„Kommt!“, rief Montag. „Ich habe da unten eine Hütte entdeckt. Es ist eine alte Berghütte. Vielleicht können wir uns da verstecken.“

„Wir müssen es versuchen“, stammelte Backe noch recht benommen.

„Gut, gehen wir“, sagte Lilly und setzte sich auf. „Wie machen wir es mit Tessi⸮“

„Zorro und ich nehmen sie“, meinte Montag. „Es ist nicht weit und der Weg nicht steil.“

Zorro nickte nur und sah zu Tessi, die noch immer auf dem Rücken am Boden lag. Sie sagte nichts. Montag schob seine Arme unter Tessis Kniekehlen und Zorro die seinen unter ihre Schultern. In gebückter Haltung hoben die beiden Jungen das Mädchen an. Noch ging das, doch wie würde es gleich werden, wenn sie in dieser Haltung den Hang hinuntergehen würden – über Eis und Schnee? Zorro konnte nicht leugnen, dass er Angst hatte.

„Los!“, sagte Montag und machte einen Schritt rückwärts.

Zorro folgte ihm mit kleinen Schritten. Er sah, wie unangenehm es Tessi war, so getragen zu werden. Sein Rücken begann schon, weh zu tun. So würde er es nie schaffen, Tessi ins Tal zu bringen.

„Es ist wirklich nicht weit“, beschwichtigte ihn Montag.

Zorro nickte kurz. Montag machte einen weiteren Schritt und Zorro setzte nach. Ein flammender Schmerz schoss durch seine Knie und er spürte, wie sich der Schweiß auf seiner Stirn ausbreitete. Lilly und Backe folgten den beiden. Auch sie liefen gebückt, sodass sie mit den Händen fast den Boden berührten. Lilly warf dabei immer wieder Blicke über die Schulter. Noch waren die Verfolger nicht zu sehen. Aber Lilly wusste, dass sie nicht mehr weit entfernt waren. Sie mussten eine Abkürzung genommen haben. Denn irgendwie hatten sie es von der Felswand bis hier herunter in wenigen Minuten geschafft. Da dämmerte es Lilly. Vielleicht waren es gar nicht die zwei Schützen, die sie verfolgten. Vielleicht waren es weitere Männer. Das bedeutete, dass sie es nicht nur mit zwei Verfolgern zu tun hatten, sondern mit weit mehr. Lilly spürte, wie ihr Herz raste.

„Wer sind die Typen?“, fragte Backe.

Zorro und Montag sagten nichts. Sie mussten sich auf den Weg konzentrieren.

„Sie müssen etwas mit Herrn Einstein und der Notlandung zu tun haben", sagte Lilly. „Sonst weiß doch niemand, dass wir hier sind."

Backe brummelte eine Antwort und ging weiter. So schnell sie konnten, eilten sie durch den flacher werdenden Schnee. Dann und wann strauchelten sie oder rutschten aus, doch sie rappelten sich immer schnell wieder auf. Besonders Montag und Zorro kämpften. Mehrfach rutschte Zorro aus und ließ Tessi unsanft zu Boden gleiten. Jedes Mal entschuldigte er sich hastig. Es war eine schreckliche Situation für Tessi. Eilig stand er dann wieder auf, schob erneut seine Hände unter ihre Schultern und hob sie mit einem Ruck hoch. Dann setzten sie ihren Weg fort. Montag fiel es leichter. Doch auch er rutschte zweimal und fiel auf die Knie. Keiner mochte daran denken, was wohl passieren würde, wenn es den Verfolgern gelingen würde, sie einzuholen.

Zorro und Montag hatten nun einige Meter auf dem Abhang zurückgelegt. Da tauchte links unterhalb von Zorro ein Dachgiebel auf. Das musste die Hütte sein, die Montag erwähnt hatte. Zwei Schritte weiter konnte Zorro schon den oberen Teil der Hütte erkennen. Es war eine kleine Holzhütte. Das Dach war mit Holzschindeln gedeckt. Dann tauchte Stück für Stück der Rest der Hütte auf. Nun erkannte Zorro die Wände, die aus runden Baumstämmen bestanden wie bei einer Blockhütte. Es gab kleine Fenster und hölzerne Fensterläden. Die Holztür war mit einem schweren Riegel verschlossen. So, wie sie aussah, mochte die Hütte gut hundert Jahre alt sein.

„Ist das die Hütte?", fragte Zorro hechelnd.

Montag nickte.

„Und die ist offen?"

Wieder nickte Montag und warf einen Blick über die Schulter.

„Weißt du, was drinnen ist?", fragte Zorro und reckte seinen Kopf in Richtung der Hütte.

„Ich habe nur kurz reingeschaut und ein paar Seile und Hacken gesehen. Ich glaube, es ist eine Hütte vom Alpenverein oder so was", antwortete Montag hörbar außer Atem.

Mittlerweile hatten sie einen kleinen Felsvorsprung erreicht. Erleichtert stellte Zorro fest, dass sie das Schneefeld bereits weit hinter sich gelassen hatten. Dann stießen Backe und Lilly zu ihnen. Montag deutete auf die Hütte. Sie war noch ungefähr fünfzig Meter von ihnen entfernt. Von dem Vorsprung führte ein schmaler, steiniger Pfad zu der Hütte.

„Kommt, gehen wir", sagte Lilly und setzte sich an die Spitze.

Zorro und Montag folgten ihr. Als Letzter lief Backe ihnen nach. Es dauerte noch ungefähr zehn Minuten, bis sie die Hütte erreichten. Lilly schob den verwitterten Riegel zur Seite. Die Tür öffnete sich mit einem Knarzen. Augenblicklich schlug ihnen der Geruch von Staub und altem Holz entgegen. Und dann war da noch etwas anderes. Es roch ein wenig wie Salami. Es war der Geruch von kaltem Rauch. Kaum hatte Zorro die Hütte betreten, sah er die Ursache. In der hinteren rechten Ecke stand ein Bollerofen, so wie im Keller des Schlosses, in dem Raum, den Onkel Ludwig als Büro nutzte. Der Gedanke beunruhigte Zorro. Er hatte schon seit Stunden nicht mehr an seinen Onkel gedacht. Erneut fragte Zorro sich, wo Onkel Ludwig steckte. Was hatte Herr Einstein mit ihm angestellt? Zorro wollte nicht daran denken. Doch es gelang ihm nicht, seine Sorgen zu verdrängen. Was hätte er gemacht, wenn er einen Gefangenen durch diese unwirtliche Gebirgswelt hätte bringen müssen? Wenn sie recht hätten und es Herrn Einstein nur darum gegangen wäre, Onkel Ludwig nicht im Flugzeug zurückzulassen, dann könnte es sein, dass … Zorro verbat sich, den Gedanken zu Ende zu denken. Das durfte nicht sein.

Zorro und Montag schoben sich an Lilly vorbei und ließen Tessi auf einer rustikalen Holzbank neben dem Ofen nieder.

„Ist ja ganz okay hier“, sagte Backe und sah sich um.

Die Hütte hatte ungefähr die Fläche von zwei großen Gartenschuppen. An der linken und der hinteren Wand verlief eine Bank und in der Mitte stand ein massiver Holztisch. Er war aus einem Baumstamm gefertigt, den man einfach der Länge nach durchgesägt hatte. Als Tischbeine dienten vier weitere Baumstämme. An den Wänden hingen zwei ausgestopfte Gamsköpfe und zwei alte Felle. Zorro wusste nicht, von welchem Tier sie stammten. Rechts des Bollerofens waren zwei Haken in die Wand getrieben, an denen allerlei Zeug hing. Zorro erkannte zwei Eispickel, ein paar Karabinerhaken sowie zwei alte Seile. Dann fiel sein Blick wieder auf seine Schwester. Tessi zupfte ihre Kleidung zurecht und schien merklich erleichtert, dass sie nun nicht mehr von den beiden Jungen wie ein Sack Kartoffeln herumgeschleppt wurde.

„Ich glaube, da oben ist noch so eine Art Dachboden", sagte Montag und deutete auf eine Falltür in der Decke, an deren Beschlag ein schwarzer Metallring hing.

„Was meinst du, wird da gelagert?", fragte Tessi.

Montag zuckte mit den Schultern. „Ich kann ja mal nachsehen."

„Wie willst du da hochkommen?", fragte Backe skeptisch.

Montag sah sich um und ging dann zu einem der Haken. Er griff sich einen Eispickel und stellte sich unter die Falltür. Dann streckte er den Arm in die Höhe und versuchte, die Spitze des Eispickels durch den Metallring zu schieben. Er brauchte zwei Anläufe, dann hatte er es geschafft. Vorsichtig zog Montag an dem Eispickel. Die Falltür bewegte sich zunächst keinen Millimeter, um dann krachend nach unten zu fallen. Im nächsten Augenblick verschwand Montag in einer Wolke aus altem Stroh und Staub. Die anderen wendeten sich eilig ab und hielten sich die Hände vor Augen und Mund. Doch es war schon zu spät. Noch nachdem sich der Staub gelegt hatte husteten Backe, Lilly, Zorro und Tessi. Am lautesten hustete aber Montag. Als Lilly zu ihm hinsah, fing sie schallend an zu lachen. Auch Tessi stimmte mit ein und dann konnten auch Backe und Zorro sich nicht mehr halten. Montag sah einfach zu komisch aus. Auf seinem Kopf und den Schultern türmte sich das Stroh. Sein gesamtes Gesicht war unter einer gelbweißen Staubschicht verschwunden, aus der nur zwei dunkelbraune Augen hervorlugten.

„Okay, nun wissen wir, was da oben ist", sagte Tessi und fing wieder an zu lachen.

„Wenigstens sind dir keine Ratten auf den Kopf gefallen", sagte Backe und schüttelte sich dabei so, als würde gerade ein Regen aus Nagetieren auf ihn niedergehen.

Nachdem sie sich beruhigt hatten und Montag sich weitgehend von dem Staub befreit hatte, überlegten sie, wie sie weitermachen sollten.

„Okay, die Hütte ist gut", sagte Lilly. „Aber da draußen sind ein paar Typen, die hinter uns her sind."

Alle nickten.

„Stimmt, die werden in vielleicht fünfzehn oder zwanzig Minuten hier sein", sagte Tessi.

Sie wussten es nicht genau. Aber dem bisherigen Tempo nach zu urteilen, war das eine realistische Schätzung.

„Dann sollten wir uns besser schnell etwas einfallen lassen", ergänzte Montag.

„Haben wir nichts, womit wir uns verteidigen könnten?“, fragte Backe.

Montag sah auf den Eispickel, den er noch immer in der Hand hielt.

„Du hast doch nicht etwa vor, dich mit dem Ding unseren Verfolgern in den Weg zu stellen?“, fragte Lilly irritiert.

„Hast du eine bessere Idee?“, fragte Montag. Doch auch er klang wenig überzeugt.

„Mann, die haben Gewehre oder sogar Pistolen. Was wollen wir da mit einem Eispickel ausrichten?“, warf Zorro ein. Er rieb sich nervös die Hände. Sie hatten wahrscheinlich nur noch wenige Minuten, bis die Verfolger die Hütte erreichen würden.

„Ja, sollten wir dann nicht schnell weiter?“, fragte Lilly.

„Dafür ist es zu spät“, sagten Tessi und Montag fast gleichzeitig.

„Jetzt bleibt uns wohl nichts anderes übrig, als uns hier zu verstecken“, sagte Lilly. „Aber wo – etwa hinter dem Bollerofen?“

„Sehr witzig“, erwiderte Backe. „Wie wäre es damit?“ Er deutete auf die Falltür zum Dachboden. „Da oben könnten wir uns doch verstecken.“

Lilly wollte schon widersprechen, aber schließlich nickte sie. Ohne noch ein weiteres Wort zu sagen, stellte Zorro sich direkt unter die Luke. Er ging in die Hocke und verschränkte seine Hände ineinander. Montag stellte sich vor ihn, hielt sich an Zorros Schultern fest und stellte seinen rechten Fuß auf Zorros Handflächen. Montag holte kurz Schwung und schnellte nach oben. Mit beiden Händen hielt er sich dabei an den Rändern der Luke fest. Dann zog er sich mit aller Kraft nach oben, bis es ihm gelang, seinen Oberkörper durch die Luke zu wuchten. Schließlich krabbelte er auf den Dachboden.

„Was ist da oben?“, rief Lilly.

„Ich kann noch nicht viel erkennen. Es ist ziemlich dunkel hier oben“, rief Montag zurück. „Zunächst mal viel Staub und Stroh. Dahinten liegen noch ein paar Sachen, aber ich kann noch nicht sehen, was es ist.“

„Egal, hilf mir hoch!“, rief Backe von unten.

Während Zorro den rundlichen Freund von unten schob, zog Montag Backe an den Händen durch die Luke, bis auch dieser sich an deren Rand abstützen konnte. Etwas ungeschickt gelang es Backe, auf den Dachboden zu kommen. Er stand auf, klopfte sich den Staub von seiner Jacke und zog die Hose hoch. Dann wischte er sich mit dem Unterarm über die Stirn. „Mann, war das ein Akt“, seufzte er.

„Wie bekommen wir Tessi da hoch?“, fragte Lilly und die Unsicherheit und Angst in ihrer Stimme waren nicht zu überhören.

„Lasst mich lieber hier“, sagte Tessi. „Die Verfolger werden mir schon nichts tun.“

„Kommt überhaupt nicht infrage“, sagten Zorro und Lilly gleichzeitig.

„Und wenn ihr mich draußen versteckt?", fragte Tessi. „Irgendwo hinter einem Felsen."

„Dafür fehlt die Zeit", antwortete Zorro und sah sich auf der Suche nach einer Lösung um.

„Hey, ich habe hier oben Bergsteigerseile gefunden!", rief Montag nun aus der hintersten Ecke des Bodens.

„Das ist es!", sagte Zorro erfreut. Er stellte sich unter die Falltür und rief nach oben: „Montag, wirf mir zwei Seile herunter!"

Im nächsten Augenblick fielen die unteren Enden von zwei Bergsteigerseilen durch die Luke. Zorro ergriff sie und zog sie so weit nach unten, bis er genug Seil hatte, um daraus eine große Schlaufe knoten zu können. Als er fertig war, sah er zu Lilly und fragte: „Kannst du mir kurz helfen?"

Lilly nickte. Zorro eilte zu Tessi hinüber. Er legte ihr seinen rechten Arm um die Schultern und schob den linken unter ihre Beine. Dann hob er sie hoch. Lilly führte die Schlaufe über Tessis Beine. Nun saß Tessi wie auf einer Schaukel.

„Montag, Backe! Zieht die Seile langsam hoch – und haltet sie ja gut fest!", rief Zorro.

„Mann, ist das schwer", beschwerte sich Backe von oben.

Im nächsten Moment wurde Tessi in Richtung der Luke gezogen. Während Montag und Backe ihr halfen, auf den Boden zu kommen, bereiteten Zorro und Lilly sich unten vor.

„Du gehst zuerst", sagte Zorro. Er bückte sich und machte auch für Lilly eine Räuberleiter.

Behände hievte die sich auf den Dachboden, als sie auf einmal Stimmen hörten.

„Wo steckt die Gruppe denn?", hörte Zorro draußen eine Männerstimme fragen.

„Hey, siehst du die Hütte?", fragte eine andere Stimme.

Zorro stockte der Atem. Die Verfolger waren nur noch wenige Meter von der Hütte entfernt!

„Los, komm!", zischte Lilly von oben.

Zorro zögerte einen Moment. War es dafür vielleicht schon zu spät?

„Jetzt komm schon!", wiederholte Lilly. Sie winkte wild mit dem rechten Arm, den sie ihm entgegenstreckte.

„Ja, die Hütte ist geöffnet worden", sagte die erste Stimme nun.

Sie waren entdeckt, dachte Zorro. Jetzt war es ohnehin egal. Und dann wurde es ihm plötzlich ganz klar. Er musste sich den Verfolgern stellen. Es ging Herrn Einstein oder dem Grafen von Döster-Waldberten doch nur um ihn. Wenn er sich stellte, dann wären seine Freunde in Sicherheit. Das war es! Eilig sah Zorro sich um. Da entdeckte er den Eispickel. Er nahm ihn und machte einen Schritt, sodass er genau unter der Falltür stand.

„Kommst du jetzt?!", zischte Lilly angespannt.

Zorro sagte nichts, sondern begann mit dem Griff des Eispickels, die Falltür zu schließen.

„Hey, sag mal …", sagte Lilly und zog den Arm ein. Dumpf hörte er sie noch fragen: „Was soll das denn jetzt werden?"

Zorro drückte von unten fest gegen die Falltür, bis er sich sicher war, dass sie nicht versehentlich aufspringen würde. Dann stellte er den Eispickel ab und kroch in die hintere linke Ecke der Hütte. Hier wartete er ruhig, bis die Tür sich öffnete.

„Ach nee, sieh mal einer an", sagte der Mann, der durch den Türrahmen trat.

Zorro erkannte ihn als einen der Piloten. Er war groß, fast schon dürr, und hatte eine Halbglatze. Sein Haar war kurzrasiert und seine Augen lagen hinter einer dunklen Sonnenbrille verborgen.

Hinter ihm kam ein weiterer Mann herein. Es war jedoch nicht der andere Pilot. Der Mann war klein, eher schmächtig und trug eine orangefarbene Winterjacke mit Fellkragen. Er hatte dunkles, langes Haar und einen Dreitagebart. Zorro hielt für einen Moment den Atem an. Er hatte diesen Mann schon einmal gesehen. Aber wo? Und dann fiel es ihm ein: Es war der Mann, den er vor dem Schloss verfolgt hatte. Der Mann in dem purpurroten Gewand. Mit dem Bartansatz wirkte er älter.

Als letztes betrat eine Frau die Hütte. Sie hatte dunkles, langes Haar und Zorro fiel ihre weiße Haut auf. Ihre Wangenknochen traten deutlich hervor und ihre Adern schienen durch ihre pergamentartige Haut. Ihre Lippen waren dunkelrot und die Augen fast schwarz. Zorro fand, dass sie aussah wie eine Mischung aus Schneewittchen und der bösen Stiefmutter. Ihre gekrümmte Statur erinnerte Zorro an einen Schwanenhals. Was ihm zudem auffiel, war der dunkle Mantel, den sie trug. Für das Herumklettern in den Bergen war der nicht geeignet.

Die Frau stellte sich zwischen die beiden Männer und fixierte Zorro, ohne allerdings ein Wort zu sagen. Und dann fiel Zorros Blick auf die Kette, die sie um den Hals trug. Es war eine lange Kette aus goldenen Ringen und am Ende hing ein silbernes Amulett. Zorro kannte es. Das Amulett mit den drei Käfigen darauf. Es war das gleiche, das er dem Mann vor dem Schloss abgenommen hatte. Und der stand jetzt vor ihm in dieser Berghütte.

„Bist du allein?“, fragte der Schmächtige und sah sich mit einem schnellen Blick in der Hütte um.

„Wo sind deine Freunde?“, fragte der Große und machte einen Schritt auf Zorro zu.

Zorro blieb ganz ruhig und sagte nichts. Er wollte nicht, dass die Männer zu schnell anfingen zu suchen. Sollten sie ruhig ein paar Minuten lang versuchen, die Information aus ihm herauszubekommen.

„Los, jetzt rede schon“, sagte der Schmächtige erneut und sah Zorro ärgerlich an. „Wir finden es ohnehin raus. Also kannst du es uns auch gleich sagen.“

Zorro blieb still und zuckte mit den Schultern.

„Mann, hat es dir die Sprache verschlagen oder was ist los?“, fragte der Große. „Du sollst uns sagen, wo deine Freunde sind!“

Zorro schüttelte den Kopf.

„Sag mal, hast du uns nicht verstanden?", fauchte der schmächtige Mann und reckte Zorro eine Faust entgegen.

Sie wirkte viel zu zierlich und Zorro fand die Geste lächerlich.

Der Große legte dem Schmächtigen beruhigend die Hand auf die Schulter und zischelte ihm etwas ins Ohr, sodass der die Faust sinken ließ.

Dann machte die Frau zwei Schritte auf Zorro zu. Sie hatte ihre Hände gefaltet und hielt diese vor ihrer Körpermitte, als würde sie beten. Doch ihre Augen waren nicht geschlossen, sondern fest auf Zorro gerichtet.

„Du bist also Zorro", sagte sie mit einer sanften, glockenhellen Stimme.

Sie klingt wie eine Elfe, dachte Zorro. Still hielt er ihrem Blicken stand und bewegte sich nicht.

Sie machte noch zwei Schritte auf ihn zu und stand jetzt nur noch einen halben Meter von ihm entfernt. „Ich will mich bei dir entschuldigen", sagte die Frau und nun huschte ein kurzes, zaghaftes Lächeln über ihr Gesicht. Auf einmal wirkte sie nicht mehr wie die böse Stiefmutter.

Zorro wollte sie gerade fragen, wofür sie sich entschuldigen wollte, schaffte es aber, den Mund zu halten.

„Es tut mir leid, dass auf euch geschossen wurde", sagte sie. Erneut erschien ein mildes Lächeln auf ihrem Gesicht.

Zorro blieb stumm.

„Was erdreistet der sich eigentlich? Mir reicht es jetzt!“, brauste der Große auf und griff plötzlich hinter seinen Rücken.

Im nächsten Moment blickte Zorro in den Lauf einer Pistole. Eigentlich hätte er zurückschnellen sollen oder zumindest zusammenzucken – aber nichts davon geschah. Er konnte es sich selbst nicht erklären. Er hatte keine Angst. Erneut spürte Zorro dieses Gefühl, das ihn damals bei den Entführern im Auto ergriffen hatte. Nun konnte er es auch benennen: Es war Zuversicht und Vertrauen. Obwohl er hier ganz allein in der Ecke einer Berghütte saß, war er sich sicher, nicht allein zu sein. Jemand war bei ihm. Jemand, der ihm die Zuversicht vermittelte, dass alles gut werden würde.

„Also, sagst du uns nun, wo deine Freunde sind?“, fragte der Große und machte noch einen Schritt auf Zorro zu.

Nun war es die Frau, die dem Großen ihrerseits die Hand auf den ausgestreckten Arm mit der Pistole legte und ihn sanft herunterdrückte. „Igor, keine Gewalt“, sagte sie zu ihm, ohne dabei ihren Blick von Zorro zu nehmen. „Denk an das, was der Meister gesagt hat.“

Igor wollte irgendetwas stammeln, entschied sich dann aber, nichts zu sagen, und steckte die Pistole wieder in seinen Hosenbund.

„Also, du willst uns nicht sagen, wo deine Freunde sind?“, richtete die Frau sich wieder an Zorro und führte dabei ihre Hände so zusammen, dass die Fingerspitzen sich berührten. „Gut, wir brauchen sie auch nicht. Wir brauchen nur dich. Das macht die ganze Sache sogar einfacher."

Zorro hatte keine Ahnung, wovon sie sprach, aber es beunruhigte ihn auch nicht. Was immer es war, er war nicht allein.

„Igor, bitte bring den jungen Mann doch zum Treffpunkt – aber tu ihm nicht weh!", sagte die Frau und sah mit ernster Miene zu Igor.

Dieser nickte. Er ging ein paar Schritte auf Zorro zu und hielt dabei seine Arme vor sich ausgetreckt. Dabei machte er mit seinen Händen eine Geste, die wohl bedeuten sollte, dass alles gut sei. Dann sagte er: „Keine Angst, ich tu dir nichts. Komm einfach mit mir und Martin mit, ja?"

Martin hieß also der Schmächtige, dachte Zorro und blieb einfach sitzen. Er bemerkte, wie der schmächtige Mann sich auf einmal hinhockte und hinter sich griff. Er holte ein Köfferchen hervor, das Zorro zuvor nicht gesehen hatte. Der Mann öffnete das Köfferchen. Zorro konnte nicht genau erkennen, was es enthielt. Mittlerweile war der Große vor ihn getreten und blickte Zorro direkt in die Augen. Auf seinem Gesicht lag ein schiefes Lächeln. Die Frau stand neben ihm. Zorro sah zu ihr auf. Auch sie lächelte ihn an. Was sollte das? Was wollten die drei von ihm? Warum hatten sie auf einmal aufgehört, ihn nach seinen Freunden zu fragen? Bevor Zorro weiterdenken konnte, griff der Große seinen rechten Arm. Erst jetzt bemerkte Zorro den Schmächtigen, der von der Seite an ihn herangetreten war und eine Spritze in der Hand hielt. Bevor Zorro ausweichen konnte, griff der Mann seinen linken Arm. Zorro versuchte, den Arm wegzureißen, aber der schmächtige Mann war trotz seiner Statur zu stark. Zorro begann zu zappeln. Er strampelte mit den Füßen und versuchte, sich aus der Umklammerung zu winden. Ohne Erfolg. Die Frau war einen Schritt zurückgegangen und raunte dem Großen etwas zu. Im nächsten Moment schnellte sie vor und legte ihre Hand an Zorros Hals. Ihr Gesicht kam ganz nah an seines. Er sah ihre fast schwarzen Augen, und ehe er begriff, was das Ganze sollte, spürte er einen Stich in seinem linken Arm.

12. In der Höhle des Löwen

Das Geräusch des Tropfens war monoton. Zorro zählte. Alle vier Sekunden fiel ein Tropfen von der Decke auf den Boden und zerplatzte dort mit einem leisen Platschen. Erst vor wenigen Minuten hatte Zorro seine Augen aufgeschlagen. Sein Rücken schmerzte und in seinem Kopf hämmerte es. Er vermied es aufzustehen, denn er fürchtete, dass ihm dabei schwindelig werden würde.

Der Boden, auf dem er lag, war aus Stein und kühl. Der Raum war dunkel, nur durch ein schmales Fenster fiel schwaches Licht in den Raum und erhellte eine kleine rechteckige Fläche an der Wand, die Zorro gegenüberlag. Rechts davon befand sich eine schwere, hölzerne Tür mit Metallbeschlägen. Der Raum sah aus wie der Keller des Schlosses, in dem Zorro lebte. Vielleicht war er sogar zu Hause, überlegte er für einen kurzen Moment, verwarf den Gedanken dann aber wieder. Nein, das war unwahrscheinlich. Langsam kehrte die Erinnerung zurück. Er dachte wieder an die Frau und die beiden Männer und dann fiel ihm die Spritze ein, die der Schmächtige in der Hand gehalten hatte. Sie hatten ihn offenbar betäubt.

Nun entschloss sich Zorro, sich doch aufzurichten. Langsam stützte er sich auf und sah sich um. Kurz erschrak er. In der Ecke, links neben der Tür, lag ein großes Bündel. Es sah aus wie ein Haufen Kleider. Zorro konnte nicht erkennen, was es war, und traute sich auch nicht, näher ranzugehen. Vielleicht waren es nur ein paar alte Säcke, die zufällig hier im Raum lagen? Oder ein Toter? Zorro zuckte erneut zusammen. Für einen kurzen Moment spürte er Panik in sich aufsteigen. Dann dachte er an seine Freunde und Tessi. Waren sie auch hier? Vielleicht in einer Nachbarzelle? Hatten die Männer und die Frau sie auf dem Dachboden der Berghütte gefunden? Oder war es den vieren gelungen, sich versteckt zu halten? Und wenn ja, waren sie noch immer dort? Wie sollten sie Tessi den Berg herunterbekommen? Die Gedanken in Zorros Kopf begannen sich zu drehen, und er rief sich zur Ruhe. Er konnte im Moment nichts für seine Freunde und Tessi tun. Aber er konnte etwas für sich tun. Entschlossenheit stieg in ihm auf. Er konnte hier nicht länger tatenlos herumsitzen. Er musste herausfinden, wo er war.

Vorsichtig stand Zorro auf. Er hatte Sorge, dass er durch den Schwindel umfallen würde, wenn er zu schnell aufstand. Aber alles war gut. Nur das Pochen in seinem Kopf blieb. Zorro rieb sich kurz über die Schläfen. Seine Augen hatten sich mittlerweile an die Dunkelheit gewöhnt. So konnte er erkennen, dass sich außer dem Bündel und ihm nichts in dem Raum befand. Zorro drehte sich um und sah hinauf zu dem kleinen Fenster. Es war vergittert. Dann ging er hinüber zur Tür. Er drückte seine

Hand dagegen. Das Holz war kühl und roch leicht modrig, so als wäre der Raum oft feucht.

Plötzlich fuhr Zorro herum. Das Bündel in der Ecke hatte sich bewegt. Zuerst dachte Zorro an Ratten. Das hätte ihm gerade noch gefehlt. Ängstlich wich er nach hinten aus, nur um im nächsten Moment die Wand in seinem Rücken zu spüren. Wenn es hier Ratten gab, dann würde er ihnen nicht entkommen können. Auch hatte er nichts, mit dem er sich wehren könnte. Doch dann sah er, dass sich das ganze Bündel bewegte. Zumindest war es schon mal kein Toter, dachte Zorro erleichtert. Und dann erkannte er, was dort in der Ecke lag. Oder besser wer.

„Onkel Ludwig!“, rief Zorro.

Sein Onkel warf die alte Decke zur Seite, die ihn bis eben bedeckt hatte, und wischte sich mit der Hand über das Gesicht. Dann sah Onkel Ludwig zu Zorro. „Hallo, Zorro“, sagte er verschlafen und sah sich in dem Raum um, so als würde er noch weitere Gäste erwarten.

Zorro ging zu seinem Onkel hinüber und hockte sich neben ihn. „Onkel Ludwig, ich bin …“

„Froh, dass ich hier bin?“, beendete sein Onkel den Satz.

Zorro nickte.

„Ich weiß nicht, ob wir darüber so froh sein sollten“, sagte Onkel Ludwig und setzte sich auf. Sein Haar war wild zerzaust und sein Jackett sah nicht mehr wie das eines englischen Landedelmannes aus, sondern wie das eines Landstreichers. Onkel Ludwig musste schon lange hier unten sein.

„Wie bist du hierhergekommen?“, fragte Zorro.

Onkel Ludwig hüstelte kurz und erklärte dann: „Gleich nach der Notlandung – also der inszenierten Notlandung – legten Herr Einstein und seine Piloten mir Handschellen an und führten mich aus dem Flugzeug. Ich versuchte, mich zu wehren, und forderte sie auf, auch euch mitzunehmen. Schnell wurde mir klargemacht, dass ich gegen Herrn Einstein und seine Piloten keine Chance hatte. Sie waren bewaffnet. Zuerst hatte ich keine Ahnung, was das alles sollte. Ich fragte mich zudem, wie wir von dem Schneefeld, auf dem wir gelandet waren, wegkommen sollten. Keiner von uns hatte schließlich entsprechende Kleidung oder Ausrüstung dabei. Für einen kurzen Moment befürchtete ich sogar, dass Herr Einstein plante, mich vom Flugzeug wegzubringen und dann irgendwo in den Bergen zurückzulassen. Aber als sich uns wenige Minuten nach der Notlandung ein Helikopter näherte, wurde mir klar, was sie vorhatten. Der Helikopter landete nicht weit vom Flugzeug. Darin saßen zwei Männer und eine Frau.“

„Hatte die Frau schwarze Haare?“, fragte Zorro.

Onkel Ludwig nickte: „Du hast sie also gesehen?“

Zorro nickte nun seinerseits.

„Die Frau und einer der Männer stiegen aus dem Helikopter und Herr Einstein zwang mich einzusteigen“, fuhr

Onkel Ludwig fort. „Er folgte mir und ließ die Frau mit den Männern auf dem Schneefeld zurück. Dann flogen Herr Einstein und ich zu diesem Schloss – dem Schloss des Grafen von Döster-Waldberten. Den ganzen Flug über sagte Herr Einstein kein Wort."

„Hast du noch einmal versucht, dich zu wehren?"

„Das ging nicht", antwortete Onkel Ludwig. „Herr Einstein hatte eine Pistole dabei."

Zorro verstand. „Das hier ist also das Schloss des Grafen?", fragte er.

„Ja, ist es", erwiderte Onkel Ludwig.

„Also steckt er hinter all dem?"

„Ich weiß es nicht", sagte Onkel Ludwig. „Manches passt einfach nicht zusammen."

„Was meinst du?", fragte Zorro irritiert. „Weißt du, was das Ganze soll?"

Onkel Ludwig hustete kurz und machte dann eine abwägende Handbewegung. „Ich bin mir nicht sicher", sagte er. „Aber ich meine, eine Ahnung zu haben."

„Nun erzähl schon", forderte Zorro. Er platzte fast vor Neugier.

Onkel Ludwig setzte sich aufrecht hin und wischte sich eine Haarsträhne aus dem Gesicht. Dann überlegte er kurz, wo er anfangen sollte. „Erinnerst du dich noch daran, dass ich dir bei mir im Keller von den Täufern erzählt habe?", fragte er.

Zorro nickte, hoffte aber inständig, dass Onkel Ludwig ihn nun nicht mit weiteren Geschichten zu irgendwelchen Ahnen langweilen würde. Alles, was er wollte, war, hier schnell herauszukommen.

„Keine Angst, ich mache es kurz“, versicherte Onkel Ludwig. „Ich hatte doch dieses Buch über Luther und seiner Zeit bei mir liegen.“

„Ja, ich weiß“, sagte Zorro.

„Also, ich habe dir ja schon von Isolde erzählt, der Urgroßmutter von Johanna. Sie war eine Täuferin. Oder zumindest sympathisierte sie mit dieser Bewegung, und zwar mit einer sehr radikalen Gruppe, die in der Stadt Münster aktiv war. Diese wandte sich mit Gewalt und Vertreibung gegen alle anderen Christen, die sich ihrem Glauben nicht anschlossen. Nicht selten wurden Andersgläubige sogar zum Tod verurteilt. Ihr Hab und Gut wurde dann entweder zerstört oder an Täufer übergeben. Die Täufer in Münster waren also sehr gewalttätig und ihr Anführer, Jan van Leiden, ließ sich schließlich zum König Johann I. ausrufen.“

„Das kann dem echten König nicht gefallen haben“, mutmaßte Zorro.

„Natürlich nicht“, sagte Onkel Ludwig. „Franz von Waldeck, Bischof von Minden, zog deshalb einen Belagerungsring um Münster. Aber es dauerte noch eineinhalb Jahre, bis es seinen Truppen gelang, Münster von den Täufern zurückzuerobern. Die drei Anführer der Täufer von Münster wurden nach einem langen Prozess zum Tod verurteilt. Um die Bevölkerung abzuschrecken, entschied man sich für eine grausame Maßnahme:

Nachdem die drei Männer hingerichtet worden waren, steckte man sie in Käfige und hängte diese an den Turm einer Kirche. Als Warnung!"

Zorro fröstelte. Was für eine schreckliche Geschichte und was für ein barbarischer Akt. Er fragte sich, warum Menschen immer wieder so miteinander umgehen mussten. Er verstand wohl, dass die Ansichten der Täufer in Münster falsch gewesen waren und dass sie die Lehren Luthers und seiner Gefolgsleute missbraucht hatten. Aber er war dennoch der Meinung, dass sie Gnade verdient gehabt hätten. Was er hingegen immer noch nicht verstand, war, was all das mit Johanna und ihrer Urgroßmutter zu tun hatte.

Onkel Ludwig schien Zorros Gedanken lesen zu können und fuhr fort: „Johannas Urgroßmutter war geschockt, als sie vom Tod der Anführer in Münster erfuhr. Sie hatte mit dieser radikalen Form des Glaubens sympathisiert. Das habe ich aus dem Buch erfahren, das ich gelesen habe, als du damals zu mir in den Keller kamst. Aber Isolde durfte sich das jetzt, nach dem Tod der Anführer, natürlich nicht anmerken lassen und verleugnete ihre Sympathie für die Täufer fortan."

„Aber warum ist das wichtig für uns?", fragte Zorro. „Das alles ist mehr als fünfhundert Jahre her. Der Graf von Döster-Waldberten lässt ein Flugzeug in den Alpen notlanden und riskiert es, dass fünf Jugendliche darin erfrieren oder verhungern, nur weil vor mehreren Jahrhunderten Menschen in Münster …"

„Warte Zorro“, unterbrach Onkel Ludwig ihn. „Ich weiß auch nicht, wie alles genau zusammenhängt. Aber ich bin dennoch überzeugt, dass darin der Schlüssel zur Lösung des Rätsels verborgen liegt. Ich habe bei deinem Vater in der Bibliothek Briefe und Unterlagen gefunden, die belegen, dass Johanna von der Sympathie ihrer Urgroßmutter für die Täufer wusste.“

„Und hat Johanna das gutgeheißen?“, fragte Zorro überrascht.

Onkel Ludwig schüttelte den Kopf. „Überhaupt nicht!“, sagte er. „Obwohl sie ihre Urgroßmutter bewunderte. Allein schon dafür, dass sie sich so frühzeitig der Reformation angeschlossen hatte.“ Onkel Ludwig räusperte sich. „Um also deine Frage zu beantworten, warum das alles wichtig für uns ist: Ich glaube, dass es weitere Nachfahren von Johanna gibt, die immer noch Anhänger der Täufer sind.“

„Was … aber …“, stammelte Zorro. „Dann wären wir ja mit denen verwandt!“

Onkel Ludwig nickte.

„Und warum kennen wir die dann nicht?“

„Johanna hatte eine Schwester“, setzte Onkel Ludwig seine Ausführungen fort. „Sie hieß Katharina. Wir wissen wenig über sie. Ihre Spur verliert sich, nachdem sie einen Mann von niederem Adel geheiratet hatte. Es ist aber überliefert, dass sie weiterhin eine treue Anhängerin der Täufer war und diesen Glauben an ihre Nachfahren weitergab.“

Und dann traf es Zorro wie ein Blitz, der plötzlich alles erhellte und ihm vor Augen führte, was hier gespielt wurde. „Onkel Ludwig, was war mit den Anführern der Täufer in Münster passiert?“

„Sie wurden getötet und in Käfigen ausgestellt. Warum?“, fragte Onkel Ludwig irritiert.

„Das Amulett! Das ist es! In das Amulett, das ich dem Mann im Gebüsch vor unserem Schloss abgenommen habe, sind Linien eingeritzt, die wie Käfige aussehen. Wie drei Käfige! Es gibt die Täufer heute noch!“

„Das muss es sein“, sagte Onkel Ludwig nachdenklich. „Aber wie passt das alles zusammen?“

„Und vor allen Dingen, was hat der Graf von Döster-Waldberten damit zu tun?“

„Es muss um etwas sehr Wertvolles gehen. Sonst würde er nicht diesen Aufwand betreiben“, vermutete Onkel Ludwig.

In Zorros Kopf drehte sich alles. Die letzten Tage waren einfach zu verrückt gewesen. All das hatte damit angefangen, dass er Tessi helfen wollte, und nun saß er eingesperrt im Keller des Grafen von Döster-Waldberten und musste sich mit Geschehnissen beschäftigen, die mehr als fünfhundert Jahre zurücklagen. Was ergab das alles für einen Sinn?

„Überlegen wir doch einmal“, sagte Onkel Ludwig und legte den Finger an die Lippen.

„Was jetzt?“, wollte Zorro wissen, aber sein Onkel blieb vage.

„Ich muss noch einmal alles durchgehen."

Plötzlich hörte Zorro ein lautes Krachen. Onkel Ludwig und er zuckten zusammen.

„Was war das?", fragte Zorro.

Onkel Ludwig schüttelte ahnungslos den Kopf. Dann vernahmen sie draußen Schritte. Im nächsten Moment wurde wild an die Tür geschlagen.

„Hallo, ist da wer?", brüllte eine tiefe, männliche Stimme.

Weder Zorro noch sein Onkel rührten sich.

„Gut, wenn nicht, dann nicht. Ich warne Sie, gehen Sie von der Tür weg!", rief die Stimme.

Dann hörte Zorro ein seltsames metallenes Geräusch. Wie ein leichtes Klacken. Onkel Ludwig schien zu ahnen, was das war, und hielt sich augenblicklich die Ohren zu. Zorro tat es ihm gleich. Keine Sekunde zu früh, wie er bemerkte, denn im nächsten Moment krachte ein Schuss durch den Raum. Mit einem gewaltigen Schwung flog die schwere Holztür auf und zersplitterte genau dort an der Wand, wo Zorro vorhin gelegen hatte.

Zorro und sein Onkel drängten sich an die Wand. Wer oder was war das? Die Antwort folgte umgehend. Im nächsten Moment sahen sie sich einem kleinen, rundlichen Mann mit schwarzem Haarkranz und schwarzem Oberlippenbart gegenüber. Er hatte buschige Augenbrauen und eine klobige Nase. Der Mann trug einen braunen Tweedanzug, darunter ein weißes Hemd. Um seinen fleischigen Hals war ein Seidentuch gewickelt. Alles in allem hätte der Mann sehr wohlhabend ausgesehen, wären da nicht seine schmutzigen Schuhe und die zerknitterte, eingerissene Hose gewesen. Auch seine Hände sahen nicht aus wie die eines reichen Mannes, sondern wie die eines Arbeiters. Zorro erkannte Dreck und verkrustete Erde unter den Fingernägeln.

„Wer sind Sie!?", blaffte der Mann und hielt den Lauf einer Schrotflinte auf Zorro und seinen Onkel gerichtet.

„Ich bin Ludwig von Frangenberg und das ist Zorro … Entschuldigung … Sigismund von Frangenberg", erklärte Zorros Onkel.

Augenblicklich ließ der Mann die Schrotflinte sinken. Dann reichte er ihnen die Hand. „Entschuldigung!", sagte er und ein Lächeln huschte über sein Gesicht. „Wolfram Graf von Döster-Waldberten".

„Sie sind …", stotterte Zorro.

„Der Graf von Döster-Waldberten – ja, der bin ich."

Zorro fühlte, wie die Wut in ihm aufstieg. Er ballte die Hand zur Faust und wollte umgehend einen Schritt auf den Grafen zumachen, doch sein Onkel hielt ihn zurück.

„Keine Angst", sagte der Graf. „Ich will Ihnen und dir nichts tun! Ich bin selbst Opfer dieser, dieser … Verbrecher geworden!"

„Verbrecher?", fragte Zorro. „Wen meinen Sie?!"

„Na, meinen Herrn Sekretär, Herrn Einstein, und seine reizende Begleiterin, Frau Schmid!"

Erstaunen breitete sich auf Onkel Ludwigs Gesicht aus. „Ich fürchte, dass Sie uns aufklären müssen", sagte er.

„Das mache ich gern", erwiderte der Graf. „Aber kommen Sie mit mir. Wir gehen nach oben in den Salon. Bei einem kleinen Happen und einem Getränk redet es sich leichter."

Der Graf drehte sich um und verließ den Raum. Nach einem kurzen Zögern folgten ihm Zorro und Onkel Ludwig. Sie gingen durch einen engen, steinernen Gang, bis sie zu einer Wendeltreppe gelangten. Ihre Schritte hallten, als sie die schmalen Stufen emporstiegen. Nach etwa drei Minuten und unzähligen Stufen erreichten sie eine weitere Holztür. Der Graf kramte einen großen Schlüsselbund aus der Tasche seines Jacketts und öffnete sie. Zunächst steckte er nur den Kopf durch den Türspalt und machte dann einen Schritt nach vorne. Zorro und Onkel Ludwig folgten ihm.

Sie standen nun in einer Halle, die der in Zorros Schloss stark ähnelte. An den Wänden reihte sich Ölgemälde an Ölgemälde. Dazwischen standen glänzende Ritterrüstungen und vereinzelt hingen alte Schwerter an den Wänden. In einer Ecke standen zwei Ohrensessel und ein kleiner Tisch.

Der Graf bog nach rechts ab und ging schnurstracks auf eine große Flügeltür zu. „Einstein, wenn du dahinter bist, dann sieh besser zu, dass du wegkommst!", polterte er.

Im nächsten Augenblick trat der Graf kräftig gegen die Flügeltür, sodass diese aufflog. Dahinter eröffnete sich ein großer Raum. An dessen anderem Ende befand sich ein riesiger Kamin, auf dem eine gewaltige Uhr aus Messing thronte. Auf dem Boden lag ein roter, flauschiger Teppich mit goldenen Fransen. Im Raum verteilt standen einige Sessel und an der rechten Seite ein Billardtisch mit Kugeln. Die Wände bestanden fast vollständig aus Bücherregalen. Zorro war beeindruckt. Auch wenn er kein Experte war, erkannte er, dass sich hier viele wertvolle, in Leder eingebundene Bücher befanden, die sein Vater unbedingt hätte haben wollen.

„Kommen Sie rein", sagte der Graf und deutete auf die Sessel. „Setzen Sie sich. Ich hole uns eben etwas zu trinken. Wenn das Personal meutert, dann muss man eben selbst ran." Daraufhin stellte er seine Schrotflinte an eines der Bücherregale und verließ den Raum.

Zorro war sich unsicher, ob er all dem hier trauen sollte, und wollte gerade in Richtung der Flinte springen, um sich diese zu schnappen. Doch da spürte er Onkel Ludwigs Hand auf seiner Schulter. Onkel Ludwig schüttelte den Kopf. Augenblicklich beruhigte Zorro sich.

Wenige Minuten später kehrte der Graf mit einem Tablett zurück. Darauf standen ein paar Gläser und mehrere Flaschen. Er stellte alles auf einem Beistelltischchen ab und nahm eines der Gläser. „Limonade?", richtete er sich an Zorro.

Zorro bejahte. Nachdem der Graf allen etwas eingeschenkt hatte, nahm auch er in einem der Sessel Platz.

13. Johannas Geheimnis

„Also, Herr Graf von Döster-Waldberten, entschuldigen Sie meine Ungeduld, aber können Sie uns nun erklären, was eigentlich los ist?“, fragte Onkel Ludwig.

„Sehr gern. Die Geschichte ist schnell erzählt“, antwortete der Graf und nahm einen Schluck aus seinem Glas.

Erst jetzt bemerkte Zorro, dass die Hände des Grafen nicht mehr verdreckt waren.

„Herr Einstein steht bereits seit vielen Jahren in meinen Diensten. Er war immer ein guter Mitarbeiter dieses Hauses. Bis eines Tages eine junge Dame hier auftauchte, Frau Schmid. Ich fand sie von Anfang an seltsam. Sie trug immer lange, dunkle Mäntel, redete etwas vom Ende der Welt, und dass sie sich darauf vorbereiten wolle.“

„Aber was wollte sie hier?“, fragte Zorro.

„Sie erzählte uns, dass sie mit deiner Familie verwandt sei. Ich weiß nicht mehr genau wie, aber sie hatte eine Verbindung zum Hause von Frangenberg.“

„Und Sie trafen die Dame häufiger?“, fragte Onkel Ludwig.

„Ein, zwei Mal“, erwiderte der Graf. Dann schwieg er kurz. „Es war im Zusammenhang mit den Bildern. Sie wissen schon.“

Onkel Ludwig nickte. Auch Zorro wusste, was der Graf meinte. Es ging um die Bilder, in denen die Juwelen von Johanna versteckt gewesen waren.

„Ich hatte gehofft, dass sie mir helfen könnte, an die Bilder zu kommen. Im Übrigen eine Angelegenheit, die ich zutiefst bedauere. Ich habe da einen gewaltigen Fehler gemacht und Herrn Jansen vollkommen unterschätzt. Es tut mir aufrichtig leid", sagte der Graf und sah dabei abwechselnd von Onkel Ludwig zu Zorro.

„Das ist eine andere Geschichte", sagte Onkel Ludwig, ohne auf die Entschuldigung des Grafen einzugehen.

„Ja, natürlich", sagte der. „Fahren wir fort. Schon bald merkte ich, dass ich mich in Frau Schmid getäuscht hatte. Sie konnte mir nicht helfen. Also brach ich den Kontakt zu ihr ab."

„Aber was wollte sie eigentlich von Ihnen?", fragte Zorro.

„Oh, ja natürlich", erwiderte der Graf. „Sie erbat sich, ein wenig in meiner Bibliothek stöbern zu dürfen. Ich hatte dagegen nichts einzuwenden. Doch dann fing ich an, mich für die Bücher zu interessieren, die sie las. Es waren alles Bücher, in denen es mehr oder weniger um Johanna von Frangenberg ging. Da wurde ich neugierig. Also begann auch ich, die Bücher zu lesen, und es dauerte nicht lange, bis ich begriff, worum es Frau Schmid ging: um Johannas angeblichen Schatz."

„Sie glauben also nicht, dass es einen Schatz gibt?", fragte Onkel Ludwig.

Der Graf schüttelte den Kopf. „Ich denke, es ist eine Legende. So viel Gold und Juwelen hatte Johanna nun auch nicht gehabt. Zudem hatte mein Ahnherr ihr ja schon viel von ihrem Geld genommen. Woher sollte also ein weiterer, größerer Schatz kommen?"

Das leuchtete Zorro ein.

„Aber mir entging bei all den Besuchen von Frau Schmid, dass mein guter Herr Einstein sich in sie verliebt hat. Und Frau Schmid wusste das bestens zu nutzen. Nach einer Weile merkte sie nämlich, dass meine Bibliothek nicht alle Informationen enthält, die sie brauchte. Also brachte sie Herrn Einstein dazu, mit dir, Zorro, Kontakt aufzunehmen. Sie hoffte, dass du ihr bei der Suche nach dem Schatz weiterhelfen könntest", sagte der Graf und schaute zu Zorro. „Aber wie ich mitbekommen habe, hast du dieses Ansinnen abgelehnt. Nach dem, was zwischen unseren Familien passiert war, kann ich das bestens verstehen."

„Aber Frau Schmid gab natürlich nicht auf", setzte Zorro den Gedankengang des Grafen fort. „Und da Herr Einstein wusste, wie sehr ich mir wünsche, Tessi zu helfen, setzte er die Anzeige in die Zeitung."

„Welche Anzeige?", fragte der Graf.

Schnell berichteten Zorro und sein Onkel dem Grafen von der Sache.

Der Graf schüttelte den Kopf. „Was für ein schäbiges Unterfangen", murmelte er.

„Herr Einstein wusste, dass ich die Anzeige sehen würde“, fuhr Zorro fort. „Schließlich sollte am selben Tag ein Interview mit mir in der Zeitung abgedruckt werden.“

„Bleibt nur eine große Frage“, sagte Onkel Ludwig. „Warum musste Herr Einstein Zorro und mich aus dem Weg schaffen? Was sollte die ganze Geschichte mit der Notlandung?“

„Die Antwort darauf steht in einem der Bücher – ein unsinniges Werk, wenn Sie mich fragen“, sagte der Graf.

„Was steht in dem Buch?“, fragte Zorro ungeduldig.

„In dem Buch ist beschrieben, wo sich der Schatz befindet. Aber es wird auch ganz deutlich gesagt, dass dieser Schatz erst dreihundert Jahre nach Johannas Tod gefunden werden könne und auch nur durch den rechtmäßigen und jungfräulichen männlichen Erben des Hauses von Frangenberg. Nur wenn es keinen solchen Erben mehr gebe, können andere Personen den Schatz bergen. Der letzte Erbe bist du, Zorro.“

„Aber das ist doch …“, sagte Onkel Ludwig und suchte nach Worten.

„Absoluter Unsinn“, setzte der Graf fort. „Aber Frau Schmid nahm das ernst. Sie dachte, dass es da vielleicht einen Fluch geben würde. Vielleicht hatte es für sie auch mit Magie zu tun. Ich weiß es nicht. Ich weiß nur, dass es Unsinn ist.“

„Das heißt, Herr Einstein und Frau Schmid wollten mich umbringen?“, fragte Zorro nachdenklich.

„Sie wollten es zumindest so aussehen lassen, als wärst du nicht mehr am Leben“, antwortete der Graf. „Als würden sich irgendwelche Zauber oder Flüche so hinters Licht führen lassen. Aber Frau Schmid und Herr Einstein glaubten, dass sie auf diesem Weg an den Schatz kommen könnten.“

„Aber Johanna war Christin, die hatte doch nichts mit Flüchen und Magie zu tun!“, protestierte Zorro.

„Genau deshalb glaube ich, dass die ganze Geschichte unsinnig ist“, sagte der Graf.

„Jetzt verstehe ich, warum Frau Schmid und die beiden Männer uns in den Bergen verfolgt haben“, sagte Zorro und kratzte sich am Kopf. „Ihr Plan drohte aufzufliegen.“

„Ich verstehe nicht recht“, warf der Graf ein.

Zorro erzählte ihm daraufhin von der Verfolgung in den Bergen und seiner Entführung in das Schloss.

„Natürlich, als die drei sahen, dass ihr das Flugzeug verlassen hattet, um vom Berg abzusteigen, mussten sie befürchten, dass ihr zu früh wieder in Dösterfelde aufschlagen würdet. Dann wäre der Plan geplatzt. Also mussten sie dich, Zorro, in ihre Gewalt bringen.“

„Aber warum haben sie nicht gleich versucht, mich einfach in Dösterfelde zu entführen und irgendwo einzusperren?“, fragte Zorro.

„Weil sie immer Angst haben mussten, dass jemand die Entführung mitbekommen würde. Dann wäre der Plan ebenfalls geplatzt“, erklärte Onkel Ludwig. „So war es viel sicherer. Ihr seid schließlich freiwillig zum Flughafen gefahren und dann verschwand das Flugzeug auf einmal. So hätte später jeder sofort gedacht, dass ihr abgestürzt wärt. Bis dann das Wrack gefunden worden wäre, wäre Frau Schmid und Herrn Einstein genug Zeit geblieben, den Schatz zu bergen. Mich haben die beiden in der Zwischenzeit ausgeschaltet, indem sie mich hier eingesperrt haben."

„Aber wie gehört die ganze Sache mit den Täufern dazu?", fragte Zorro nun.

„Oh, das kann ich dir erklären", sagte Onkel Ludwig. „Ich nehme an, dass Frau Schmid der anderen Linie des Hauses von Frangenberg entstammt. Der Linie von Katharina, die an dem Glauben von Isolde festgehalten hat und den Täufern weiterhin treu waren. Deshalb hat sich Frau Schmid auch nicht an uns gewandt, als sie begann, nach dem Schatz zu suchen. Sie wollte diesen für ihren Zweig der Familie haben."

Zorro schwirrte der Kopf. Das war alles so verzwickt. „Jetzt haben Sie uns aber noch nicht erzählt, warum Sie unten im Keller waren", stellte Zorro fest.

„Auch das ist schnell erklärt. Ich bin den Machenschaften meines guten Herrn Einstein auf die Schliche gekommen. Er hatte nämlich in meinem Namen und auf meine Kreditkarte das Flugzeug gemietet, mit dem ihr in die Schweiz fliegen solltet."

„Es gehört also gar nicht Ihnen?"

„Wo denkst du hin. Ich habe keinen Privatjet. So reich bin ich nun wirklich nicht. Aber es sollte ja so aussehen, als ob. Als ich Herrn Einstein schließlich zur Rede stellte, wurde ich von ihm und Frau Schmid überwältigt. Sie fesselten mich und sperrten mich unten in den Keller. Da war ich nun drei Tage. So lange brauchte ich, um die Fesseln zu lösen. Von da an war es einfach, denn die beiden hatten nicht bedacht, dass ich in meinen Kellerräumen überall Schlüssel versteckt habe. Ich leide nämlich an Klaustrophobie."

„Klaustro…?"

„Klaustrophobie. Das ist die Angst davor, eingesperrt zu sein", erklärte der Graf. „Deshalb habe ich zur Sicherheit in allen Räumen, in kleinen Nischen und Ecken, Schlüssel versteckt. Sobald ich meine Hände frei hatte, holte ich die Schlüssel hervor und befreite mich. In der Zwischenzeit hatte ich mitbekommen, dass in einem weiteren Keller ebenfalls Personen eingesperrt waren."

„Wir?", vermutete Zorro.

„Genau, nur wusste ich natürlich nicht, dass ihr es wart. Deshalb habe ich zuerst meine Schrotflinte geholt und … den Rest kennt ihr ja."

„Verstehe", murmelte Onkel Ludwig und nahm einen Schluck von seinem Getränk. „Und wo stecken Herr Einstein und Frau Schmid nun?"

„Ich nehme an in Chorsbrück", antwortete der Graf.

„Sie meinen den Ort bei Bad Trekelsingen?", fragte Zorro.

„Genau den", bestätigte der Graf.

„Wie kommen Sie darauf?“, fragte Onkel Ludwig.

„Ich habe euch doch schon erzählt, dass in einem der Bücher meiner Bibliothek steht, wo sich der Schatz befinden soll. Das Buch stammt aus dem 18. Jahrhundert. Zuerst habe ich nicht verstanden, warum es für Frau Schmid interessant war, denn auf den ersten Blick handelt es lediglich von einer kleinen Mühle in Chorsbrück. Doch dann entdeckte ich, dass sich am unteren Rand des Buches kleine Symbole befinden. Sie waren per Hand hinzugefügt worden. Ich brauchte habe eine Weile gebraucht, bis ich herausfand, dass es sich bei den Symbolen um Daten handelt. Kalenderdaten. Ich wusste nicht, was diese bedeuten sollten. Daher las ich den Text über die Mühle. Nach einer Weile fiel mir auf, dass es darin immer wieder darum geht, wie schön das Sonnenlicht auf die Mühle fallen würde. Also vermute ich, dass das Datum einen Tag beschreibt, an dem die Sonne ganz besonders steht.“

„Sie meinen also, dass die Sonne dann auf einen Punkt leuchtet, und dort ist der Schatz versteckt?“, fragte Zorro aufgeregt.

„So ist es wohl gemeint“, sagte der Graf.

„Und auf diesen Punkt leuchtet die Sonne aber nur an einem ganz bestimmten Tag?“, fragte Zorro.

Der Graf nickte und erwiderte: „An einem ganz bestimmten Tag im Jahr, und zwar genau heute!“

Zorro spürte, wie ein Kribbeln durch seinen Körper kroch. Natürlich, das ergab einen Sinn. Deshalb hatte Herr Einstein darauf bestanden, dass der Flug in die Schweiz umgehend stattfinden musste. Er und Frau Schmid hatten sicherstellen müssen, dass Zorro heute bereits als verschollen und besser noch als tot galt.

„Aber, wie gesagt, ich glaube nicht an den Schatz“, schloss der Graf seine Erklärungen.

Als wäre es abgesprochen worden, läutete in diesem Moment die Türglocke.

„Wer kann das sein?“, fragte Onkel Ludwig unruhig.

„Wohl kaum Herr Einstein und Frau Schmid“, sagte der Graf und verließ den Raum.

Wenige Sekunden später hörte Zorro die Stimmen von Backe, Lilly, Montag und Tessi. Wie eine Sprungfeder schoss er aus seinem Sessel und lief aus dem Raum. Als sich die Freunde sahen, fielen sie sich in die Arme. Aus dem Augenwinkel sah Zorro, dass auch Lillys Vater, der Polizist, sowie weitere Beamte anwesend waren. Nun kam auch Onkel Ludwig zu ihnen.

Und dann erzählten sie sich gegenseitig, was in der Zwischenzeit passiert war. Tatsächlich war es Zorros Freunden gelungen, unentdeckt in ihrem Versteck in der Hütte zu bleiben. Dabei hatten sie durch Ritzen im Boden des Dachbodens mitbekommen, was mit Zorro geschehen war. Die Entführer hatten ihm ein Betäubungsmittel gespritzt und dann gewartet, bis Zorro ohnmächtig geworden war. Mithilfe eines Helikopters hatten sie ihn abtransportiert. Nachdem Zorros Freunde sich sicher waren, allein zu sein, hatten sie ihr Versteck verlassen. Aus den Seilen, die Montag gefunden hatte, hatten sie eine provisorische Trage gebaut. Montag und Backe hatten Tessi darauf getragen, bis sie zu einer Seilbahnstation gekommen waren. Dort hatten sie erfahren, dass sie sich auf dem Nebelhorn im Oberallgäu befunden hatten. Also nicht in der Schweiz. Auch hatten sie nun wieder Handyempfang bekommen, sodass Lilly ihren Vater hatte anrufen können. Von der Talstation in Oberstdorf waren sie dann, so schnell sie konnten, zum Schloss gekommen, denn sie hatten vermutet, dass die Entführer Zorro hierher gebracht hatten. Daraufhin erzählte Zorro seinen Freunden alles, was er inzwischen herausgefunden hatte.

Als er geendet hatte, atmete Backe laut ein. „Und nun sitzen Herr Einstein und Frau Schmid also in Chorsbrück und freuen sich über den Schatz", sagte er.

„Wenn es denn überhaupt einen Schatz gibt", warf Lilly ein.

„Das stimmt", ergänzte Montag.

„Wartet mal", mischte Lillys Vater sich auf einmal ein. „Ich glaube, ich höre etwas."

Und dann nahmen sie es alle wahr. Von fern näherte sich ein Wagen.

„Das müssen die beiden sein", sagte der Graf.

„Schnell, versteckt euch", ordnete Lillys Vater an. Mit einem Kopfnicken bedeutete er seinen beiden Kollegen, sich bereitzuhalten.

Zorro, Lilly, Tessi, Montag und Backe folgten dem Grafen und Onkel Ludwig zurück in den Salon. Der Graf schloss die Tür und bot ihnen an, sich zu setzen. Aber sie waren viel zu aufgeregt. Dann hörten sie Schritte. Personen kamen die Treppe vor dem Schloss herauf und gingen dann durch die Halle. Im Salon pressten alle die Ohren an die Tür und lauschten. Von Lillys Vater und den anderen Beamten war nichts zu hören. Deutlich aber erkannten die Freunde die Stimmen von Herrn Einstein und Frau Schmid.

„Aber ich bin mir ganz sicher, dass es der Ort sein muss", sagte Frau Schmid enttäuscht und verärgert. „Ich habe das Datum berechnet. Es ist genau heute – der 21. Juni!"

„Ich verstehe es ja auch nicht, meine Liebste", säuselte Herr Einstein. „Ich habe es ebenfalls nachgerechnet. Heute um zwölf Uhr sollte die Sonne genau auf den Ort scheinen, an dem der Schatz versteckt ist. So hat Johanna es in ihren geheimen Aufzeichnungen niedergeschrieben."

„Wir müssen einen Fehler gemacht haben!", sagte Frau Schmid energisch und stampfte mit dem Fuß auf.

„Den haben sie gemacht" ertönte auf einmal die Stimme von Lillys Vater. „Polizei, Sie sind verhaftet!"

Herr Einstein und Frau Schmid saßen bereits mit Handschellen im Fond des Polizeiwagens, als Zorro vor das Schloss trat. Lillys Vater sprach noch mit einem der Beamten und klärte gleichzeitig etwas über Funk. Es ging um die Komplizen von Herrn Einstein und Frau

Schmid. Die beiden hatten ihre Köpfe abgewendet. Lilly, Tessi, Montag und Backe gesellten sich zu Zorro.

„Wieder ist ein Abenteuer vorbei“, sagte Backe und grinste.

„In der Tat“, stimmte Zorro zu. „Obwohl ich auf dieses gern verzichtet hätte.“ Sein Blick fiel auf Tessi, die ihn anlächelte. Zorro hatte ein schlechtes Gewissen seiner Schwester gegenüber. Doch darüber würde er mit ihr bei einer anderen Gelegenheit sprechen. Jetzt war er nur froh, dass es ihr gut ging.

„Also, was meint ihr zu dem Schatz?“, fragte Montag. „Glaubt ihr, dass es ihn gibt?“

„Weiß nicht“, sagte Lilly. „Warum haben Herr Einstein und Frau Schmid ihn dann nicht gefunden? Schließlich hatten sie sich so gut vorbereitet. Wenn jemand ihn hätte finden müssen, dann doch die beiden.“

„Sie hatten das Datum genau berechnet“, führte Montag aus. „Sie hatten den Ort genau bestimmt und …“

„Was hast du gerade gesagt?“, unterbrach ihn Zorro.

„Dass sie den Ort genau bestimmt hatten“, sagte Montag.

„Nein, davor“, sagte Zorro.

„Dass sie das Datu…“

„Das ist es!“, sagte Zorro. „Natürlich!“ Er schlug sich mit der flachen Hand auf die Stirn. Dann fing er lauthals an zu lachen.

„Hä, ich verstehe nur Bahnhof“, sagte Backe und sah in die Runde.

„Sie haben zur Bestimmung den gregorianischen Kalender benutzt", erklärte Zorro. „Also den Kalender, den wir heute benutzen!"

„Ja, und?", fragte Backe.

„Ich glaube aber, dass Johanna in ihren Büchern noch den julianischen Kalender benutzt hatte."

„Es gab unterschiedliche Kalender?", fragte Backe. „Was sollte das denn?"

„Ja, gab es!", erklärte Montag nun. „Bis zum Ende des 16. Jahrhunderts galt der julianische Kalender. Dieser war mit 365,25 Tagen um etwa elf Minuten länger als das Sonnenjahr. Dadurch verschob sich der astronomische Frühlingsanfang etwa alle 130 Jahre um einen Tag auf ein früheres Kalenderdatum. Im Jahr 1582 fiel der Frühlingsanfang deshalb schon auf den 11. März – obwohl es noch gar nicht Frühling war. Der Kalender hinkte den tatsächlichen Ereignissen bald zwei Wochen hinterher."

„Und deshalb wurde der Kalender 1582 reformiert. Das machte man im Oktober, deshalb folgte auf den 4. Oktober in jenem Jahr der 15. Oktober", ergänzte Zorro.

„Das Einzige, was ich dabei verstehe, ist, dass das heutige Datum nicht das Datum ist, was Johanna gemeint hat", stellte Lilly fest.

„So ist es!", stimmte Zorro zu.

„Aber wenn der Kalender bereits 1582 verändert wurde, warum hat Johanna dann im 18. Jahrhundert noch immer den alten Kalender benutzt?", fragte Tessi.

„Stimmt, das ergibt keinen Sinn“, sagte Backe.

„Für uns nicht, aber für Johanna. Sie hat ihre Urgroßmutter sehr verehrt, trotz deren Sympathie für die Täufer“, erklärte Zorro.

„Und deshalb hat sie den Kalender gewählt, den ihre Urgroßmutter genutzt hatte?“, fragte Tessi.

„Ich denke, dass es so gewesen ist“, sagte Zorro.

„Das heißt die Sonne scheint erst am …“

„Zweiten Juli auf die Stelle, an der der Schatz versteckt ist!“, beendete Zorro Tessis Satz.

Epilog

Es war der zweite Juli, elf Uhr und fünfundvierzig Minuten. Über dem Marktplatz von Chorsbrück stand die Sonne hoch am Himmel. Es war sehr warm. Zorro, Lilly, Backe und Montag, der Tessi schob, schlenderten über das Kopfsteinpflaster und sahen sich um. In der Mitte des Marktplatzes war ein Brunnen mit einem Reiterstandbild. Um den Platz herum standen kleine, windschiefe Fachwerkhäuser, die Zorro an Lebkuchen- oder Hexenhäuschen aus Märchen erinnerten. Zwischen manchen der Häuser ragten hohe Eichen in den Himmel, deren Blätter Schatten auf den Marktplatz warfen. Es gab einige Marktstände, auf denen Eier, Kartoffeln und Obst verkauft wurde. Zur Mittagszeit hatten sich nur wenige alte Menschen und Mütter mit Kindern auf den Marktplatz verirrt.

„Und wo steht nun die Mühle?", fragte Backe.

„Ich meine dahinten", sagte Zorro und deutete nach Süden. „Laut meiner Karte fließt dort zumindest ein Bach."

Die fünf Freunde gingen in die Richtung, in die Zorro gewiesen hatte. Hinter den Häusern schloss sich ein kleiner Park an, durch den tatsächlich ein Bach floss. Ein Stückchen weiter westlich sahen sie ein altes, hölzernes Mühlrad, das sich gemächlich in der Strömung drehte.

Als sie näher kamen, hörten sie das gleichmäßige Quietschen des Rades.

„Meint ihr, dass die Mühle noch in Betrieb ist?“, fragte Backe.

Die anderen schüttelten die Köpfe.

„Also, wo sollen wir suchen?“, fragte Montag.

„Gute Frage“, erwiderte Zorro. „Ich würde mal auf die Vorderseite gehen. Vielleicht fällt uns dort etwas auf.“

Die anderen folgten Zorro, als dieser um die Mühle herumging. Es war ein altes Gebäude aus Naturstein. Die Fenster waren klein und vergittert. Das Dach war mit roten Ziegeln gedeckt und an manchen Stellen eingedrückt. Zorro vermutete, das es bei Regen nicht mehr dichthalten würde. Somit lebte wohl auch niemand mehr in dem Gebäude. Es war nur noch ein Denkmal an eine längst vergangene Zeit. Ausgetretene Stufen führten hinauf zu einer niedrigen, hölzernen Tür. Über dem Türrahmen stand in gemeißelten Buchstaben „Anno 1517“.

„Seht ihr das?“, fragte Tessi und deutete auf das Datum.

„Ja“, sagte Backe. „Aber was soll das bedeuten?“

„1517 war das Jahr, in dem Luther seine Thesen veröffentlicht hat“, sagte Lilly.

„Meint ihr, das ist Zufall?“, fragte Montag. „Ich meine, dass Johanna ihren Schatz an einem Ort versteckt hat, auf dem das Jahr steht, in dem Luther seine Thesen veröffentlich hat?“

„Ich glaube nicht", sagte Zorro, während sein Blick die Fassade des Gebäudes absuchte.

„Fällt jemandem etwas auf?", fragte Montag und machte ein paar Schritte zur Seite. „Ich kann bisher nichts Besonderes entdecken. Keinen losen Stein oder so etwas."

„Ich auch nicht", gab Tessi zu. Sie rollte einige Meter in die Richtung, aus der sie gekommen waren.

„Und wenn der Schatz im Gebäude ist?", fragte Backe.

„Dann würde der Hinweis mit dem Sonnenstand keinen Sinn ergeben, oder?", entgegnete Lilly.

„Stimmt auch wieder."

„Noch zwei Minuten", sagte Zorro. „Wir müssen einfach abwarten, wo die Sonne dann hinscheint."

Ohne ein weiteres Wort zu sagen, starrten sie auf die Gebäudefassade. Niemand traute sich wegzuschauen. Und dann schlug eine Kirchturmuhr zwölf. Eilig suchten ihre Augen die Fassade nach irgendwelchen Spuren ab. Doch es waren dort, wo die Sonne auf die Wand schien, keine Risse oder Vorsprünge zu entdecken, die hätten vermuten lassen können, dass sich ein Schatz dahinter verbarg.

Plötzlich rief Backe: „Schaut mal da!" Er deutete auf eine Stelle, links neben der Tür. Helle Lichtflecken, die durch die Spiegelung der Sonne auf der Oberfläche des Baches entstanden waren, waren auf der Gebäudefassade aufgetaucht und erleuchteten eine alte Steintafel, die in die Mauer eingelassen war. Sie war so ausgebleicht, dass sie den Freunden bisher nicht aufgefallen war. Darauf stand in alter deutscher Schrift ein stark verwitterter Text. Zorro und Tessi bewegten sich auf die Mauer zu. Zunächst fiel es Zorro schwer, den Text zu lesen. Doch je länger er die Buchstaben ansah, desto leichter konnte er sie entziffern. Auf der Tafel stand geschrieben:

Der HERR ist mein Hirte, mir wird nichts mangeln.
Er weidet mich auf einer grünen Aue und führet mich
zum frischen Wasser. Er erquicket meine Seele.
Er führet mich auf rechter Straße um seines Namens willen.

„Und wo ist nun der Schatz?", fragte Backe nach ein paar Sekunden.

„Da ist er", sagte Zorro und deutete auf den Text der Steintafel.

„Wo?", fragte Backe und suchte die Tafel ab. „Gibt es da einen Knopf oder so etwas?"

„Nein", erklärte Tessi, „da gibt es Hoffnung."

„Hoffnung?"

„Jetzt verstehe ich es", meinte Montag, und ein Lächeln huschte über sein Gesicht. „Das war also Johannas Schatz."

„Natürlich. Sie hat so unter ihrem Mann gelitten. Beim Lesen dieser Worte hat sie Trost gefunden", sagte Lilly, und auch sie lächelte.

„Ein schöner Schatz", seufzte Tessi.

„Kann mir das jetzt mal jemand erklären?“, fragte Backe.

„Ja, das machen wir auf dem Heimweg“, sagte Zorro und legte seinen Arm um Backes Schultern.

Dann machten sie sich auf den Weg.

Der Autor

Geboren 1972 in Hamburg, arbeitete **Christian Mörken** nach einem musikwissenschaftlichen Studium viele Jahre in der Musikindustrie (u.a. für Herbert Grönemeyer) und anschließend im Verlagswesen. Heute lebt er als freier Autor, Texter und Redakteur im Allgäu. Er ist mit Gabriela verheiratet und hat zwei Kinder. Ehrenamtlich ist er im Kirchenvorstand und im Kindergottesdienst-Team aktiv.

Bisher in dieser Reihe erschienen: